草木本心

CAO MU
BEN XIN

李彩华 著

天津出版传媒集团
百花文艺出版社

图书在版编目（CIP）数据

草木本心 / 李彩华著．-- 天津 ：百花文艺出版社，2023.7

ISBN 978-7-5306-8508-2

Ⅰ．①草… Ⅱ．①李… Ⅲ．①散文集－中国－当代 Ⅳ．①I267

中国国家版本馆 CIP 数据核字（2023）第 063543 号

草木本心

CAOMU BENXIN

李彩华　著

出 版 人：薛印胜　**责任编辑：**张　雪
装帧设计：谢蔓玉　**特约编辑：**翟玉梅
出版发行：百花文艺出版社
地址：天津市和平区西康路 35 号　**邮编：**300051
电话传真：+86-22-23332651（发行部）
+86-22-23332656（总编室）
+86-22-23332478（邮购部）
网址：http://www.baihuawenyi.com
印刷：三河市元兴印务有限公司
开本：880 毫米 ×1230 毫米　1/32
字数：150 千字
印张：5.875
版次：2023 年 7 月第 1 版
印次：2023 年 7 月第 1 次印刷
定价：59.80 元

如有印装质量问题，请与三河市元兴印务有限公司联系调换
地址：河北省廊坊市三河市黄土庄镇尚庄子村
电话：0316-3180002
邮编：065200

我喜欢向日葵

它的花语是沉默的爱

它阳光，明亮，坦荡

颗颗籽粒紧挨着

却从不喧嚷

我的文字也是如此

敞开胸襟，宁静，安详

李彩华

目录 一

目录 ㊁

构树子的滋味

我们进屋的时候，婆婆正在试穿新衣服。

她说，那天天气冷的话，就把这件红毛衣穿在棉袄外面。这是一件石榴红开襟毛衣，她小闺女给买的。她拎着在身前比照，又去里屋拿出一双鞋子，说是新的，买回来没穿几次。平底、浅口、黑红色的布鞋，鞋脸上有机器绣的花，像葵花的瓣。

儿子说很好看，我结婚的那天你就穿这件，再戴上你的时髦帽子，很俊的一个老太太。帽子是枣红色马海毛的，贝雷帽的样式，当初买这帽子时，在商场试戴，售货员都说很好看。

乐雨平问，婚宴请老家的人吗？请谁合适？

婆婆七十二岁那年，就同比她大三岁的公公一起住进老年服务中心。他们老两口思想很超前，还是行动派，两人拿了一张服务中心开业宣传单，骑着三轮车去看了看，第二天就打电话给孩子们，他们要去住，就去住了。前两年八十七岁的公公去世，婆婆就自己一个人住着这两居室，她想要回老家或者与其他老太太一块儿住，可以省一大半的费用。她家孩子们孝顺，决定让老太太还像以前一样生活，什么都不变。婆婆板着脸说，可是让你们养了个贵娘，我这一辈子没挣一分钱不说，唉……吃住在这里，确实不便宜，一年需要近两万的费用，但她家六个孩子竟无一人有意见。唯一的问题是老家里的宅子还闲置着，离这儿仅有十几里路。

婆婆说，当然是请的，都盼着这事哩！

儿子一听，拿起茶几上的苹果，张大嘴巴咬了一口说，不请，请他们干啥？我结婚与他们有什么关系？

我说，慢慢吃，好像苹果跟你有仇。又说，真是个小傻瓜，他们是你的父老乡亲，那里是你的根。

儿子一听，腾地一下站起来，婚宴上不要让我看到他们，一看到他们就来气，他们要是来，这婚礼就不举行了。他声音高得像吵架，嘴里的苹果嚼得咯吱响。

乐雨平说，你的籍贯就是这乐家庄子，你跑到天涯海角也是这村里的人。

儿子嚷嚷着说，我才不是这村里的，我是W城的人。

我说，那里只是你的工作单位。

儿子说，就是不请，我结婚和他们有什么关系！

婆婆在沙发上把腿一盘，当你奶奶我不在了，死了，你和这村里就没有关系了！

儿子立马歇了声。

我有些幸灾乐祸，还是你奶奶厉害，一句话说得你没话说了吧。知道你对村里的人有成见，咱论事不论人，一码归一码。

儿子把苹果核往垃圾筐里一扔，我真是不相信，村里的人咋会那么混蛋。

乐雨平说，你也不能一棍子打死。

儿子弯着腰，对他爸爸说，知道不？那是我第一次创业。

乐雨平抽了口烟，又吐出来，哪有你说的那么严重，辅导班最后不是办起来了吗？

儿子胸一挺，是办起来了，可我很伤心。还有一次，爷爷在医院，人都不行了，他们还紧跟着唠叨。

公公生前立下遗嘱，不回老家出殡，骨灰不埋老坟地，帛金一分不收。族人三孩和大勇去医院劝说，人老了不回家出殡不行，骨灰不埋老坟地更不行。他们趴在老人耳边，叔，叔，你说句话啊，人没有这样的。

公公已是弥留之际，儿子拉扯他们，出去说，有事出去说，别当着我爷爷的面。

事情过去两三年了，提起来儿子还生气，人都快不行了，还说这些，什么意思？想让我爷爷走得不顺心？我看他们是没安好心！

乐雨平说，你也不能这样说人家，人家是好意。

儿子拍了下大腿，什么狗屁好意，若真是好意，就不会在我爷爷葬礼上说那样的话。当时，若不是我大娘，我就得同那叫三孩的打起来。

公公的葬礼是在殡仪馆举行的，他躺在鲜花丛中，面容安详，等待着亲朋好友送他最后一程。站在外面好多人，三五成群。等到仪式时间，好像三孩说了句不好听的话，儿子握拳拉架子就想同他打架，他大娘在一旁拦着。儿子说这不是成心破坏我爷爷的葬礼吗？

婆婆说，他兄弟们心眼不好，三孩孩子结婚的时候，五孩调唆二孩，拿树枝子把路挡起来。三孩和二孩两兄弟住一条胡同，这一挡，人来人往的进不来过不去。三孩找到五孩，一句话没说，拾起一块半头砖就拍他的头。幸亏送医院及时，五孩捡了条命。五孩有闺女没儿子，他很嫉妒三孩有儿子。你说侄子结婚，大喜的日子，当叔的头破血流，这是个什么事！这不是坏这是啥？

我想着三孩的脸，三孩的脸胖乎乎肉嘟嘟，加上皮肤又白，一看到他的脸，就让人想起那包子馒头的样子。

我拍了拍儿子的背，这些事我们都知道，可也不能因为这几个人，就不请老家的人喝喜酒了。你知道吗？有一个叫毕飞宇的著名作家，去年，我们作协几个会员还去济南听他讲小说课。他曾说在他的童年时代觉得最神秘和最羡慕的一件事情是看他的小伙伴上坟。为什么到了那么一个特定的日子，下雨也好或不下雨也好，许多家庭排成小的队伍，在父亲的带领下，一个队伍代表一个家庭，对着泥土说话。我们中国的历史不仅赋予了父辈这个权利，而且成了他们的责任。但我们家没有，我父亲告诉我那是迷信，一句话就把我给打发了。所以我要和我的父亲商量，你行行好，你必须要给我们做儿子做孙子的留一个可纪念的地方。对于中国人而言，可能根就是一个可供寄托思念的地方。

说实话，这么多年了，说起乐家庄子，说起乐家庄子的人和事，比说起我自小生活的村子里的人和事还亲切有感情，听婆家一家人掰扯村里七姑八婆的事，我也能自然地接上个话把儿。

儿子软了口气，说这事我不管了，你们愿怎么做就怎么做。

又说起儿子回老家办辅导班的事，乐雨平说，那次他们做的事有点不地道。不管怎么说，儿子是被村里的人伤了心。

大一暑假的时候，他决定回老家办个学习培训班。他说这事又赚钱又锻炼人，他有个同学，高中一毕业就办班，一个暑假赚了几千块，够上大学一年的费用。他打听好了，城里租房子太贵，也怕刚开始招不到学生，打算回老家办班，老家有房子，他可以吃住在那里。

我们当父母的很赞同，好事，村里的孩子也跟着多长些见识。

他开始招兵买马。因着之前说好，他什么也不用我们管，这次就看他自己的本事。好吧，我们乐得清闲，我们在一边看着就好。

他找了几个同学，都是学习好考上名牌大学的，辅导个把个小学初中的孩子，没问题。尤其一个叫姜子成的，他考上北大了，就是乐家庄子村的。儿子说找他是为了打招牌，好招生。

因为两个孩子的爸爸是同学，每次回老家过年，我们一家人都去他家坐坐，两个孩子也成了朋友。儿子比姜子成大一天，当时我和他妈妈怀孕的时候，两家还曾约着一块儿去孕检。他妈妈孕期反应特别严重，几乎吃一口吐一口。姜子成一下生就生病，需输血，因太小，他父母的血不能用，乐雨平同他的同学好几个都去帮忙，好歹有个血型能用上。姜子成在医院待了一百天，才回家。

他父亲在外村小学当老师，原来在本村教学，因学生少学校合并，他也随着到外村教学，学校离他们村不远，四五里路，基本天天回村住。

儿子说姜子成已经答应了，来给他们培训班当辅导老师，教数学，他父亲也答应给帮忙宣传招生。他回家来说，很高兴，年年去姜家，没白去了。我们也替他高兴，事情顺利就好。

然而，到了开班的头一天，姜子成的电话关机，再也打不通了，他父亲也不接电话，原来还说借课桌给他用的。他一下子蒙了，他们怎么能这样做呢？

这期间还有个打击，让他很伤心、很不明白，这人说的和做的不一样，用他的话说，什么村委主任，说话像放屁，没有一点诚信。

老家宅院前邻，就是村里的学校。站在院子里，能看到学校院墙边一棵大构树。这树抗污染性强，叶子如京剧花脸的脸谱，大环眉、窄眼窝，一股子猛智之气。小圆球果实如朵朵红花，开在高高的树枝上，吃起来，一泡浆水酸酸甜甜，里面的籽有些弹牙，咯吱着响。

人们意识的改变认为养儿不再防老，再加上外出打工等等原因，使千把口子的村一年只有六七个孩子出生。周围几个村的学校合并成一所学校，也有十几年了。

这废弃的小院里，杂草丛生。儿子同他的几个伙伴来到村里，一下看好这小院，他们想把暑假培训班设在这里，还提了两瓶子酒去找村委负责人。我问他，用着你爸爸出面给打招呼吗？村委主任是你爸爸的小学同学。他很自信，不用，我自己去就行。

他回家说村委主任很热情，很愿意他们在村里办培训班，这是好事，租金也商量好，条幅也扯出来了，就挂在校外一棵构树和一棵梧桐树之间。他的肢体语言告诉我们，这牛气烘烘的小子，满身的正能量，好像世上无难事一样。

他们清理杂草。阳光用烈焰抽打他们，蚊子拿他们当美味食物。他们用了三天的时间，洒泼上好多盆清水，使小院像小院了。儿子说，他和他的同学们从小没干过这么累的活儿，但他们不怕吃苦，只要干正事。三十多里路，两个女同学从城里骑着车子，一大早就去忙，脸热得像红蛋。

第二天他们兴冲冲地来到这里，准备开始实现他们的梦想，却发现条幅不见了，村委另一个负责人说这里留作他用，不能对外出租。儿子说，他当时望着构树上红彤彤的果实，听见构树果落在地面的声音，“啪”地砸起一股尘土，一摊殷红，他似乎闻到院内蚊子的体内仍然留有他们血液的腥味儿。

他说，我不是说着好听，我就是想干件力所能及的事，为村里的孩子。

我说，我们理解，支教对你的影响不小啊。

我们很欣慰，即使出了这样的事，儿子也没有放弃他的梦想。

他说，看着吧，离了他们我大盂照样办班，办好班。

接着他又行动起来，打了一个又一个电话，还骑着他的山地车一出去一整天，看样子是到处联系人想办法，结果这班还真让他办成了。

儿子把老家的房子清理出了一间，他小姑给找了些桌子凳子，他二表哥开着家里的拉菜大货车从县城的西北角，绕城而过，运到城南三十多里的家里。讲试听课的老师，是他姥姥的学生，已退休两年，答应得很痛快，说没问题，什么时候用着我什么时候去。还有几个要好的同学，纷纷伸出援助之手，总算是有模有样地办了期培训班。

后来跟着他学习的学生说，姜子成父亲在他们班上说，我们这个班不行，几个毛孩子能教什么？不能报这样的培训班，白浪费了钱。

原来姜子成父亲与另一个老师也办个了培训班，过后才知道，上级明文规定，老师不能办班，不知什么人举报了他，让教育局查出来，大概他们办班的几个老师被罚了款还受了处分。

出了这事，儿子还猜测，也许姜子成父亲认为是他举报的。

他说他没举报，却发现没处说，也没法说，心里很不舒服。后来多年他再没见过姜子成父子俩。我和他爸爸对他说，我们相信你。君子坦荡荡，小人长戚戚。与人竞争，要有大胸怀，要光明正大，搞阳谋，不搞阴谋，这样才行得正走得远。

我私下对乐雨平说，你同学看着那么实诚的人，咋会做出那样的事，真不知他是怎么想的。还有村委主任，咋不诚信呢？这不是伤孩子心吗？这是给孩子做了个什么榜样呢？

乐雨平说，大概也有我的原因，我没有给他打电话，应该打个招呼的。

怎么说？

他说，你没听咱儿子回家来说，他们在清理学校院子的时候，村委主任过去看了，还说了一句，你爸爸很忙啊。

几年过去，村委早已换届，支部书记和村委主任都换了人。

儿子结婚举行答谢喜宴的那天，请了村里的人。我和乐雨平站在酒店大厅门口迎客人的时候，看到大勇和他媳妇进来，后面跟着些人，老婆孩子一大群，我握着大勇媳妇的手笑着说，谢谢，谢谢。

那天，我的嘴巴都笑酸了，不时地抬手按摩。

蟹爪兰的爪儿

儿子结婚的日子定下来后，乐雨平说，同妈和二姐商量商量，村里的人怎么宴请更好。

按照惯例，与他家有关的事情，我一般是尊重他的意见，听他的，自家男人愿意为你负重前行，我于是就安好地跟着。其实我是懒，懒得操那门子心。

婆婆问，大勇靠谱吗？

乐雨平吸着烟，烟在嘴角像豆虫撅着尾巴，手里剥着个葫芦样的柚子，一块先给了他妈，一块给了我。他说这事家族里的人找他去办最合适。

大勇是他大伯家的大堂哥，因为平时他就喜欢招揽些闲事，尤其是上了岁数后，日常行事似乎有些拿自个儿当族长的样子，村子里他们这一支也没有比他辈分高的人了，主要还是我们同他熟。乐雨平和他哥哥从小在外上学，后在城里工作，相对来说村里的人和事不太知道。

婆婆说，请谁不请谁，多掂量掂量，别是行好事落埋怨。

柚子玫瑰色的瓤，是一粒粒菱形的汁胞，排列得整齐好看，我剥了几粒，放了口中，柔软酸甜。

我插了一句，埋怨不埋怨的，有什么关系？我想着，我们就一个孩子，在外地工作，大哥家也是一个儿子，在外国工作。孩子小的时候还能回老家过过年，走个亲串串门，与村里的老少爷们儿混个脸熟，长大以后回老家的机会很少，倒也不能说没有，有肯定是有，就是说不准几年才能回去一趟。我们这代人还念着乡里乡亲的情分，孩子们的情分却已经很浅了。老人去世后，与老家的情分淡薄是定了的，这现实景况摆在眼前，不好改变，也改变不了。

乐雨平说，让大勇看着办，他愿叫谁就叫谁，谁的喜份子也不收，就只去喝喜酒。他不想欠村里人的情，省得以后不好还。有那埋怨的，也不用理会，以后村里的人情往复该怎么做还怎么做。

就像乐雨平有一个同学的女儿结婚，所有亲朋好友的喜份子都不收，只去喝喜酒。我们俩一块儿去的，他同学们凑在一起，也有人议论这事，说不收喜份子，心里总是觉得欠情，不好还的是人情债。这事我没有当着婆婆面说，怕婆婆想多了，徒添些烦恼。

乐雨平又给他二姐打了电话，把这个意思说了说，事就定下了。

带着请柬，拿着糖块，麻花，烟，还提了两瓶子酒，趁着中午吃饭的时候，我们开车去了大勇家。

前两年，搞美丽乡村建设，村子大变了样，各家门口外的柴草垛，加盖的车库，贴墙根的小菜园，站在墙边的树，像柿子树、香椿树、梧桐树、枣树、山楂树等被清理得一干二净。村里铺了柏油路，修了下水道，路两旁统一栽种了核桃树。

这些年，村里变化最大的就是厕所。记得结婚的那天，我硬憋着一天没上厕所，不敢吃不敢喝，满院子是人，看新媳妇的、帮忙的、坐酒席的，厨房就在院子里扎了棚子。厕所有墙无门，有坑无顶，墙矮到腰，只要站在那儿，一院子人都会看见，哪里还好意思解手。因为厕所的味道，大哥家的孩子回家过年从不上厕所，曾创下五天不大便的纪录。现在村里的厕所改建成环保节能厕所，蹲厕的时候，不用捏着鼻子了。

当然，村中那棵老槐树依然站在那里，两人勉强合抱，树干已经枯空，一小半树冠伸展着枯干的树枝，一大半的树冠是繁密的树枝，郁郁葱葱，青翠欲滴，堪称是一个生命的奇迹，树洞内塞了些砖头泥巴，树身扭曲、蜿蜒，宛如怪石嶙峋的岩洞。这树是一个标志，在村里串门找不到地方，远远看见这树，就知道走到哪里了。路过这树，我还喜欢伸手触摸它，我对乐雨平说过，这树不会走，不会动，能长这么久，这么大，真是不容易，快来沾沾它的仙气。

大勇家就在这树的后一排中间住，进门的时候，他两口子正在吃饭，他媳妇用青萝卜丝和鸡蛋做的煎饼，香味扑鼻，翠绿中带金黄，看着就好吃。

他媳妇让我吃，我就吃。

乐雨平说我，你看你实在的。

我嘴里含着饼，说同他们俩不用那些虚礼。

大勇媳妇笑得很大声，用着四川口音说，就是，一家人还虚什么。

大勇当年因家里兄弟多，人又矮，在当地娶不上媳妇，只好走了另一条娶媳妇的路——找个外地媳妇。我们这里不少人找了四川或云南的媳妇，乐雨平的一个同学当年娶了个云南媳妇，在他媳妇怀孕六七个月的时候，她说要回老家看看，乐雨平还对他同学说，你要陪着去，不能让媳妇一个人大肚子回去，他同学没有听，怕花钱，他媳妇很生气，便带着腹中孩子走了，以后再无音信。我对乐雨平说，你这同学就没拿着媳妇当回事，跑了媳妇，也是活该。又说，再想想咱俩，从认识你，你就没让我自己一个人回过家，你同学要是同你一个样的话，媳妇肯定跑不了。这一比较，我在心里偷着知足。

这大勇却是个运气好的，跟着介绍人到了四川，正好遇到他媳妇，这女子家庭还好，兄弟姐妹生活得都不错，可是有个中风躺在床上的母亲，她自愿看护母亲，一直到母亲去世，错过了找婆家的好年龄，在当地找不到合适的人，这时候正好大勇过去，两人摆出条件，见了面，都愿意，这快三十岁的女人跟着快三十五岁的大勇回了老家。

大勇不是笨人，那女人也是个能干的，两口子曾经玩着六个蔬菜大棚，我们这儿把种大棚说成玩大棚，像养花玩鸟，这是什么生活的心态？靠着不一般的心态、辛苦的劳动，还有一个全国最大的蔬菜批发市场，他们生活富足。大勇夫妇生了一儿一女，还盖了新房。新房很豪华，二层楼，他家孩子请人按城里人住的别墅设计的，木质楼梯，浴室有我家的两倍大，厨房也大，能放两张六人餐桌，我们坐在里面吃饭聊天，桌椅是原木的，厨房里一组淡绿色的橱柜，地面铺了灰色瓷砖，有电冰箱、电饭煲、抽油烟机、打火灶，洗菜盆对着窗户，窗外是后阳台，用来放置杂物，窗台上还放着一个紫、绿、蓝三色调料盒，烧菜的地方放着一块红色镂空脚垫，这哪里有点农家厨房的样子？那种烧柴的大锅灶、油乎乎的锅碗盆、随意堆放的筷子碟子，早成了老黄历。

大勇他们俩结婚的日子，比我和乐雨平结婚早五六天，结婚当日，我们两个新媳妇见面，互换了东西。我们这儿有个习俗，结婚一百天内的新娘子不能见面。那时候，大勇的新媳妇一头短发，模样周正，一双大眼睛，她说的话大多让人听不懂，于是她的脸上常带着懵懂的笑容，我感觉很多时候我们在鸡同鸭讲，不过不影响我们交流的热情。

我用筷子夹着吃了块萝卜饼。他媳妇说多吃些，不够再做，很快就好。

她做，我跟着学，我说回家我也做这个煎饼，很好吃。

如果说三孩的脸是包子馒头，大勇的脸就是晒干的扁豆，从我第一次见到他就是这个样子，瘦小、一脸褶子，几十年过去，还是瘦小、一脸褶子。他吃着饭，我发现他的上牙掉了两颗，门牙变得格外长。

想着婆婆说他做的坏事，说了好几次，细节我在一篇小说里提过，这里再略提一点，婆婆猜大勇把巴金毛（学名刺蛾）弄在土里埋起来，在旁边再挖个洞，说里面有土鳖，让雨平趴在地上去扒，大夏天，雨平只穿件小裤头，肯定被巴到，还巴得不轻。红的、绿的、黄的，各种颜色的都有，厉害的一种叫“山巴夹子”，像蜗牛般大，没有壳，只有肉，软软地蠕动，浑身长满了有毒的毛刺，你只要触到它，立马就起一片大红疙瘩，钻心的疼，钻心的痒，痛痒得让人颤抖，那难受滋味，没经历过的人根本无法想象。奇怪的是，人身上没有汗毛的地方就巴不到，比如手心，可以用枝子把巴金毛挑到手心里，巴不到。雨平哭着回家，婆婆见了拉他到咸菜缸边，用手捧起些盐水，往上抹，能治巴金毛巴着。对他说，以后少同大勇子一起玩。那是他们小时候的事，还有大勇上三四年级的时候，上课不认真，老师拍了他的脖子一下，他就哭喊着说，头掉下来了，老师把他的头弄下来了，赖着老师去给他看，把头给他整上。

这大勇，不是一般人，他有个大棚，村里大调地的时候，给他拆平了，没有按他的要求赔偿，他就找人理论。他说他不是去闹事，好言对人说，谁给他平的大棚，他找谁赔，不找村委，不找乡里，也不找县里，他就找那个指挥着推土机把他家大棚平了的人。他说，他积攒了半辈子的钱没有盖屋，全都用在大棚上，建起来不到三年，肥刚用上，设施刚整好，说平了就平了，怎么也不能同别人的大棚赔偿一个价钱吧？建一个好大棚，要几十万，给的钱连十分之一不到，为这事，还把他娘气死了。他承认，他娘常年身体不好，有很严重的老气管炎，不遇上这事，能多活些时日，遇上这事，当月就去世了，又让他找到一个赔偿的理由，于是空余时间他就去理论。他坐在信访办的办公室里，他喝着工作人员递给他的茶，不吵不闹，看人家不忙的时候，就同人家聊天。人家忙的时候，还主动帮着给来上访的人端茶倒水，抹抹桌子扫扫地，好像他是办公室的工作人员。

时间长了，竟然让他上访出感情，分管上访的人员同他成了朋友，对他说，以后有什么事，找我们。

他说，我能有什么事？就现在这大棚事，找你们，你们给处理？

人家说除去这事，还有什么事需要帮忙，你说，比如借个钱什么的？

他说，再多赔给我五万块钱，多了我也不要。他觉得自己很讲理，已经尽量不给政府添麻烦。

除去这事，别的事都可以帮忙。

除去这事，我也没别的事要你们帮忙。

不好意思，我们也没办法。

然后他继续上访，买了法律书，研究法律，他说他知道上访归上访，不能犯法，不能闹事，不能让人抓住把柄，要让人抓了起来，什么事也完了。他很清楚这些，一趟不行，两趟，两趟不行三趟，一年不行，两年，两年不行三年，一直上访，自己记着次数，去市里，去省里，去了九十九次，第五年上，终于拿到了他的赔偿金，五万块钱。

饭后，他让我们看他家客厅的吊顶，石膏线是不是不对称？他说他没事的时候蹲在一边就瞅，越瞅越觉得别扭。

看着蹲在那儿瞅天花板的大勇，我忽然觉得他就如他家阳台养的蟹爪兰的爪子，不停地抓，不停地挠。

我过去仰头看了看，又从客厅的北面走到南面，嗯，看着是有点不对称。

他一听，如受到老师赞扬的学生，皱纹展开，血色上脸，站起来道我就说不对付，整治石膏线的人还不承认，今天就同他说，让他拆了重新整。转身让着我们，走走，来阳台喝水。

大勇家的房子刚建起来不长时间，是拆了旧房在原宅基地上建的新房，施工的时候，我和乐雨平去看了看，给他带了些啤酒和烟。当时他们在前邻屋檐下搭了棚子，住在里面。过后听婆婆说才知道，拆了旧房的时候，他想到我们家的老房子里住，住到新房建好后，就搬走。

婆婆没答应，她说，这事肯定是惹得大勇子不愿意，不愿意也不让他去住，请神容易送神难，万一他一家人住进去不搬走，是一点办法也没有，以前不是没出过这样的事。

公公婆婆种的大田地，觉得年龄大了种不了，好心给大勇种，什么都不要他的，就是让他白种。白种了六年，当邻家看好这地，想连地建蔬菜大棚，一年每亩地给一千斤麦子，跟大勇说让他给回地，他竟然打算不给，还骂人，骂得很难听，还说那地让留着当坟地用，把公公婆婆气得够呛。这次借屋住，婆婆一开始就拒绝了，她摇着头说，大勇子大概是不会说我句好。

原来大勇是有前科的。

大勇家的阳台放着玻璃小茶几，我们坐在马扎上喝着绿茶。

乐雨平把来意同大勇说了，大勇没说行或不行的话，只说喝水。

乐雨平喝了茶水，放下杯子，没有说话。

我看着不喜，不知大勇心里咋想。于是我端起玻璃杯喝了口，说好喝，连着说了两遍。

大勇说这茶是他闺女专门为他买的明前茶，不便宜。他闺女在沿海一城市上学，毕业后留在那工作，做服装设计。

大勇问，以后村里娘生日孩子满月这些事你家还做吗？

乐雨平说，做，该怎么做还怎么做。

他媳妇说，那你们不是亏大了。

乐雨平说，没事，无所谓，不差那些钱。

大勇朝着他媳妇说，不是钱的事，你不懂，别插话。

他媳妇对我吐了下舌头，笑着说，主要是婶子，她又没工资，结婚的随份子少说也要二百块。

我点头说，知道，二百块就二百块，权当老人做了善事。这么些年她的家乡口音还很重，有些听不明白，话里的意思我连猜带蒙，大约没错。

大勇往杯子里续水，一时无人说话。

我没话找话，说你家的蟹爪兰养得真是好，谁养的？厉害。

大勇媳妇说，是大勇养的，养得不错啊。

我围着花转，真夸大勇是能人，养盆花也养出个样来。

其实一进他家，我就看到花开得正艳的蟹爪兰，三盆，每盆都有一米多高，直径约有七八十厘米，渐变的红，喇叭一样的花，一朵连一朵，开在碧绿的软茎上，让人很是喜欢。

大勇媳妇说，你喜欢就搬上盆。

别说，我心里真有搬上盆的冲动，我说，行，过年的时候专门来搬花。

这次托付大勇的事，办的也算圆满，婆婆夸他，大勇子自从娶了媳妇，变得好多了，做事也越来越在那常理上。

梧桐花开一开

嫁到乐雨平家，仿佛只是院里的梧桐花开一开的时间，仔细算来，却是近二十六年了。当年选择所嫁之人的时候，父母希望着对方父母双全，这也是我们家孩子们嫁娶的条件之一。

这双全的父母，也如梧桐花开一开的时间，在近些日子里，失去了一个。

这天，是老头住院的第三十天。

以前老头生病住院，从没这么长时间，大多一星期左右。这次本想像往常一样，进医院“修理修理”就好了，他自己也这样认为，就是个咳嗽，二三十年的老慢支了，挂几天吊瓶缓缓症状就行，再治也去不了根。

我们说他很明白，打几天针就好了。

他说别没什么毛病，也不妨碍吃和喝。他还说，喉咙里像以前那样清理就好，总感觉一口痰怎么咳也咳不上来，说着，又大声咳嗽，用的力气好像要把肺咳出来，累出一头汗，这才消停，我们在旁边看着，都替他难受，倒些水给他喝，给他蒸煮的冰糖山楂、草莓、梨、桃都有，吃上口，他说，吃着很顺口，吃着顺口的还有小橘子、白砂糖，他吃着顺口的东西，会吃得很多；吃着不顺口的东西，就一口不吃，像小橘子，一口气吃十几个，白砂糖用小匙子挖着吃，一匙接一匙地吃，婆婆说他有一个铁胃，什么都能消化了。他吃那么多甜的食物，一直到去世，血糖指数正常。但他不爱吃苦瓜，不喜欢喝咖啡，他说还嫌这辈子吃的苦不够多？我就喜欢吃甜食，苦东西直接不稀罕。

其实，三年前，老头不光是老慢支，他的肺生了病，吃一种药，副作用大，脸上鼓疙瘩，如小枣大，有好几个。

他说，没多大活头了。脸上的表情无悲无喜，如说吃了喝了一样的平静。

大哥说，去北京找人看看吧。

他说都八十六了，就不折腾了吧，出远门很麻烦，我的腿又走不了几步路。

大哥笑得很大声，没事，用车子推着你，去北京看看天安门，权当出门玩。

后来还是去了北京，由大哥陪着去了北京的医院，去了长城，去了天安门，去了毛主席纪念堂，陪着一起去的还有乐雨平的小妹妹，专门挂了专家的号，让回家养着，没同他说什么病，回来后，人一如往常般平静，日常生活照旧，有时去医院打针，药是按时吃着，吃得很认真，他说这药是你们大哥从国外给购买的，不便宜。我注意到平时很幽默的人，说话少了，坐在轮椅上，长时间发呆。

大概他自己知道得了不好治的病，但又幻想着不是不好治的病，他从不问别人他到底得了什么病，他糊涂着，全家人也随即糊涂着。

老人生病兄弟姐妹们说好轮着护理陪床，具体怎么轮，是他们家兄弟姐妹六人商量决定的。定好后，乐雨平同我说的，然后我跟随着。当然，陪床的事，他家的人也没指望着儿媳妇，儿子也是指望不上的，两个儿子，一个在外地工作，离着远，又忙；一个也是按点上班的人员，平时也忙。他家人从不攀比儿子，老头也很明白事理，不像乐雨平的一个同学，他老丈人生病住院，那个较劲，别人谁也不用陪床，就用儿子和女儿，女婿更不用，哪怕女婿在家闲着，儿子忙得脚不沾地，也是用儿子不用女婿，孩子们一点办法也没有。

躺在病床上的这个老头常常是女婿们伺候在一边，还有一个现象很奇怪，这女婿们在自个儿亲生父母眼中并不是孝顺的儿子。小姑子说过，她婆婆骂她儿子：娶了媳妇忘了娘的种，真真让媳妇调唆坏了。另一个女婿，父母都去世了，父母生病的时候，连杯水都没给他们端过，还不如三小姑这当媳妇的孝顺，她说她这不亲的都看不过眼。还有一个女婿不受父母待见，小时候因他娘与他奶奶发生口角曾让亲生的娘倒提着双脚，做扔到井里的架势，威胁他奶奶，只因他是家里的长子长孙。这个二女婿对丈母娘家的事却是无力不使，什么重活累活大多都是他帮着干。后来问过孩子的小姑夫，为什么对老头那么好？平时给他煮鸡炖鱼送米送面这类事不算，还给老头买拐杖、买轮椅。轮椅的扶手窄，放胳膊不舒服，他很快找来大小合适的木板，固定好，还手工做了棉花垫子，用软布缠绕在扶手上。他说，就因为老头常表扬他。

每每说起老头，他家的孩子们说，咱爸比以前好多了。老头好客，只要家里做点好吃的，他就领着人来吃。家人印象最深的，有一次家里包水饺，他领着人来家吃，一个水饺也没给孩子们留下，婆婆说起来就气他，只顾交往，不顾家人。在那个物质贫乏年代，吃顿水饺是很奢侈的事。

让二大姑姐说起来，老头年轻时也做了些让她生气的事。

刚盖起新屋那年，屋后面有一个大坑，妈说怕下大雨冲了屋基，就同我从坑里挖些土堆在屋基旁，加固房基，为了省力气，就沿坑的斜坡平整了一条小路，妈在车前拴一根绳子拉着，我推着车子，这样省劲还运土运得快。爸爸每天吃了饭就去学校，什么活也不干，这天不知那根神经不对，竟走到屋后面来，看我们在固屋基，过去说，应该先把土用锨翻到上面，倒上一倒，再把土从那翻上去，这样倒三倒，土就直接倒到屋基处了，比用车子推不省事多了。我一听这话，就生气了，站着说话不腰疼的主，才会出这又累又麻烦的馊主意，赶紧说，我和妈愿意咋干就咋干，你就甭管了，你上你的学校该干啥干啥。爸爸当时恼了，我说个话你们咋就是不听呢，你们当我放屁啊，接着命令我去坑底倒土。我很恼爸爸平时什么活儿也不干，别人干的时候还好指手画脚，说得对也行，他不懂的，净瞎说，瞎指挥。这次我顶嘴说，明明按你说得干着累，我们这样干轻快，为啥非要按你说的干？爸爸气得不轻，回家拿了张镢，照着那条小路就刨，我让你们不听，我让你们不听，给刨了个样儿翻天，镢头一扔，走人。

说到这里，我记得的一件事，刚结婚的时候，我和乐雨平买回家一只烤鸡，吃饭的时候，老头拿起来自己一个人吃，也不说给婆婆她们吃，这才明白，他家家长制作风厉害，家里是他爸爸掌握经济大权，什么事也是他爸爸说了算，好吃的东西先让给他爸爸吃，并且他单独吃饭。我们家是民主制，有事大家商量着来，好吃的东西也是分着吃，父母亲从不端家长的架子。有意无意间，在他家我做事行了我家的很多习惯，随着老头年纪越来越大，一家人开始坐在一起吃饭，慢慢地脾气改了不少。当然，有些规矩还在，比如第一碗汤先给他，馒头也是先拿给他，他不动筷子，其他人不能吃饭。不过有了孙子后，很多规矩都让他孙子给破了。偶尔一次两次，他会把一盘菜往我面前推，那是我喜欢吃的。

乐雨平曾同老头闹了一次别扭，闹得还莫名其妙。儿子三四岁的时候，吃了一袋干方便面，弄得到处都是，老头觉得太浪费，他过来训斥我，说我娇惯孩子，说得很大声，我在厨房做饭，不知道什么事，婆婆出来挡住，可他说个不停，像吵架一样。

乐雨平不愿意了，对他父亲说，这个家里谁也没有说小李的权利，有什么事找我，我再同她说。那次还当着他妹妹一家人的面，婆婆公公都没吭声，我很感动，老公力挺自个媳妇，后来，再没有人找我的麻烦，一家人和睦相处。我和乐雨平琢磨出一个道理，有好事比如给公公婆婆钱和东西，都归儿媳妇，有不好的事比如惹他家里人不高兴的话或事，都算在儿子身上。总之功劳归我，顶屎盆的事，都扣在乐雨平的身上，这样竟让全家人皆大欢喜。

这事让母亲羡慕了很长时间。

关于陪床的事，说起来不好意思，其实家人说不用我去，我想做人也不能太不自觉了，每到星期六和星期日我都去陪床，同老头聊天，说他放马、放牛、放猪、看庄稼的事。他小时候家境不好，九岁那年跟着他舅去了东北。他嘿嘿笑，说十三岁的那年，有人喊他大爷，他穿着肥厚棉裤袄，戴着东北大棉帽子，穿着东北乌拉鞋，只露着两只眼，拿着铜锣敲一会儿歇一会儿。我问敲锣干什么？他说吓唬黑瞎子，黑瞎子糟蹋庄稼是好手。老头在东北待了多年，得了大骨节病，一直到老，他的胳膊和腿都伸不直。

午饭，我去超市给他买的他喜欢吃的老咸鱼，老头很容易满足，说吃了顿好饭，咸鱼很香，很好吃，还吃了一个油卷，喝了一杯小米粥。

当着乐雨平的面，又说起以前打针的事，老头哭了，真哭，泪水哗哗地流，说乐雨华拖着病身子——乐雨华常年胃不好，身体瘦弱，只在家给孩子做饭——四十多斤药水，一百多袋，全是她陪着，一滴滴打的，每滴像绿豆粒大小，多费事。我在一旁待着，什么话也没说，乐雨华当着我们的面，什么也没说，有时去替换她，可她照样去陪床，固执得让人没办法。这乐雨华上午去医院看了她父亲，晚上回家又做了羊肉汤，让她二哥乐雨平去吃，还给我和老头捎着的。

头天他爹刚对乐雨平哭诉，第二天，他早早去单位上班，又是乐雨华陪他爹打针，我说你不请假去替两天你妹妹？他反而说了我一顿，她闲着也是闲着，她愿意去就去，这事你别管，单位事多，不好请假。

一早，乐雨平对我说，爸爸在医院住三十天了，我们一块儿过去看看。再买点他喜欢吃的水果。

我站在病床旁，看着心电监护仪，老头的鼻孔里放着吸氧气的管子，四姑，就是老头的妹妹，这天也去了，她在家吃了午饭，坐在另一边同婆婆聊天，婆婆平时不大去医院，这天也去了。乐雨平闭着眼躺在旁边的折叠椅上假寐。我看着老头闭着眼，呼吸微弱，乐雨华过一会儿拿棉签沾了水，湿润他的嘴巴，沾了一圈，他张着嘴呼吸，舌头发红，看着吓人。问他想吃什么，他摇头，又说想吃柿子，乐雨华拿小西红柿，捏了些水，放在小勺里，送到他嘴里，咽了下去，再给，摇头不要了。我在一旁看着，感觉他要呛着的样子，却没呛着。我觉得我要仰面躺着喝水吃东西的话，定会呛到，不敢这样，对别人也不敢，乐雨华这样喂老人吃东西，也不担心呛着，又拿毛巾给他擦手脸和身上。

忽然，我看到监护仪上的数字一直往下落，还吱吱响，我大惊，心跳得飞快，喊道，快来，快来看！众人全都扑围过来，叫医生，医生很快过来，看了看说，人快不行了，还有什么人想叫的，快叫来见一面。抢救吗？抢救。急救室不去了吧。不知谁说的这话，其实大家心知肚明，不是怕花钱，是不想让老头受那个罪，想起琼瑶的遗言：不在身上插管子，最后的“急救措施”，气切、电击、叶克膜这些全部不要，帮助她没有痛苦地死去比千方百计让她痛苦地活着，意义重大。

乐雨平打电话给大哥大姐二姐。

妈在一旁，正同四姑聊着天，赶紧劝让着四姑走了，她一个人骑着三轮车来的，头摇动着，手颤抖着，孩子们不让她出门，她是偷偷出门的。

医生护士忙着抢救，好像是打强心剂，把家人都赶出了病房。

病房外有病人围观，有人问抢救吗？去加护病房？不去了。那人说他家老人最后的时候，儿女们也都决定不抢救了，可是有个外孙女拦着不让，不救不行。她和她姥姥最亲，她姥姥从小哄到大。一个人提出来，别人也没有敢说不行的，怕落下个不孝名声，送了加护病房，一天好几千元，救了两天也没有救过来。

病房里医生护士在救着老头，外面走廊里家人也都陆续赶过来，三孩和大勇也过来，同大哥和乐雨平说话，医生出来说，行了，可以进去了。

大家围绕在老头病床边，等待着他掉那一口气。

我是第一次见人的死亡，老头儿很平静，问他还有什么不放心的吗？他睁开眼看了看，摇摇头，没什么不放心的了。还说了一句让医生给打一针，快过去就好了。他的几个闺女说，哪有这样的针，有，医生也不给打。

很快，心电监护仪发出吱吱吱的声音，上下波动的曲线变成一条直线，我看到老头脸色接着变成白雪色，人这是没了，一瞬间，简单到犹如春雪落地，我感觉到有点蒙。

老衣裳二姐和乐雨华她们不知什么时候早就买好了，用大塑料袋盛着，放在一边，拿出来给他穿上，我挽着婆婆的胳膊站在一边看着，人多，靠不到边，六个儿女都在，孙子外孙都围着他。护士说不能在病房穿寿衣，怕吓着别的病人，要到太平间穿。人多办事麻利，没看到怎么穿的，转身的工夫衣裳就弄得妥当，推着送太平间，家人没有一个人哭，一切都在无声中匆忙进行，护士的声音传来，不能哭，千万别哭，不要吓到别的病房的人。

其间三孩和大勇追着说回家出殡，回家埋在老坟地里。儿子人高马大，挡在他们的前面，有事到外面去说，我爷爷都这样了还在说。

在太平间里，依着婆婆的意见挑了棺材，直接送到殡仪馆，过了两天，再去，家人衣袖上都戴了黑色的孝字。看着老头安详地躺在鲜花丛中，亲朋好友来送他最后一程，一张八十岁生日时照的相片，放大了挂在墙上，很慈祥，笑得很舒展。孩子们说感谢老头做的明智选择，不用他们哭着跪在地上好几天。

火化后买了个好的骨灰盒寄放在烈士陵园，完成了他的遗愿。

我曾问过他为什么不愿埋老坟地，他说不愿意回去。

后来同乐雨平说起这事，他说他猜爸爸很要面子，死了也要面子，骨灰盒放在烈士陵园，在他自己感觉那不是一般人的待遇，同村里其他的老人不一样，不管怎么说，他干了三十多年民办老师，拿着民办老师的退休金，八十七岁去世前刚刚领了一个月的找补的钱。去世前，他还叮嘱，等他一走了，就去同人家说，不占公家便宜，别让人笑话。

陪床的时候没事同老头聊天，他说他以前曾在外地一所学校任过校长，十年的时间，把一个不到一百人的学校建成在校师生五百多人的学校，那里的人对我很好。

我问道，你是不是很想再去那里看看？

他说去不了了，那学校在山里。

我说，等你好了，我们去看看。

他说，五月里去，五月里樱桃就熟了，那地方种着很多樱桃树。

苦楝树上苦楝子

我写下这个题目时，乐雨平坐在电脑前，写他的工作日记。

他现在写日记比我都认真，每天一记，不但自己记，还要求他的员工记工作日记，这是从三年前他被聘为某小型企业的总经理开始。

我对乐雨平说，不知为什么，提起苦楝树、苦楝子，我就会想到你梨花村的表哥，和他的媳妇女儿。

他说，别人给表哥介绍春雪妈的时候，表哥年龄不小了，差不多五十岁，表哥把她领回家，不到一年，生下春雪，刚刚十天，她就让表哥送走了，两人一起只生活了很短的一段时间。

我问道，没有登记吗？

没有登记。

举行婚礼了吗？

没有举行婚礼。

那这算什么？

事实婚姻。

很多年后，有一次去春雪家，我问她，你想过你母亲吗？

春雪大概没想到会有人这样直接地问她，还当面问。

她从茶几上拿起一个红富士苹果，蹲着身子，逗引正在地板垫子上努力匍匐前进的儿子。

左右摇动着苹果，她仰起头问，你说什么？我没听清。声音里听不出情绪，像平常一样慢悠悠，为这个慢，她没少挨父亲训斥，说她是慢虱子，没有干活的样子。

我走到一盆兰草前，说这兰草养得真好。我知道这兰草，是表哥养的，养了好多年，很茂盛，多年前，表哥看我喜欢，还分栽了一盆给我，“我从山中来，带上兰花草……”脑子里是一首歌的旋律，其实心里却是后悔问了。

春雪是否想她母亲这个问题，我一直想问，这是存了什么心态？窥探她人隐私吗？我一面对自己不齿，一面想得到答案，多年来没找到一个合适的机会，也许问了，以后可能春雪会恼了我，可不问，老在心里有个事，我也是个八卦的，所以我决定坦诚说，我问你，先说好，没有别的意思，就是有点好奇，你想过你妈妈吗？就是看到别的小朋友有妈妈，你有没有想过你的妈妈？好奇她在哪儿，她到哪里去了。为了诱惑她自愿参与互动，我把右手贴在胸口。

我看着她，看她面部表情有什么变化。她倒是从容，往后挪了挪身子，又拿了一个苹果，逗引她的儿子。小孩子八个月大，肉肉的，刚刚会爬，爬得不利落，爬两下，又贴回地上。

来，来拿大苹果，她对儿子说。

没想过，她对我说。

我认识春雪的时候，我和乐雨平结婚不长时间，她跟随她爸爸去看望我婆婆，四五岁的样子，胖乎乎的，下巴双层，皮肤很白，她爸爸却是很黑，父女俩在一起，模样像复制粘贴的，看着说不出的滑稽。

自从结婚后，我和乐雨平每逢年节去她家，人之常情，也是礼节上走动。她爸爸是乐雨平的姨家表哥，一个人带着孩子，有时给她买个玩具，大多时候买蛋、油、米、面之类的日常生活用品，有时候带箱奶，或者买几样水果。

表哥常年在他家附近路口修自行车，我家自行车哪里不好了，都去找他修，从没留过钱。他的修车摊就是一个地排车，上面有一个柜子，好几层格子，放着修车的零件、工具，打气筒随便用。我曾问过他用打气筒收钱吗？我见过有修车的，用一次打气筒收两角钱。他说，不要钱，免费的，来打气的，就是急用的，谁还没有个急事，也是为招揽活儿，这次路过来打打气，下次需要修车子，有可能会特意来这修。说完嘿嘿笑了两声，表哥那深眼窝小眼睛塌鼻子，一下子生动起来，大概意识到笑起来不好看，像一下子被人按了暂停键，停住笑，表情竟带了尴尬和歉意。他曾为我家的自行车换过车筐，他说这车筐最结实了，车子坏了，车筐也不坏。电动车也让他修过，他说，路上环卫上用了扫路机，这修车买卖更好了。我说为什么？他说扫路机清扫地面的那东西，全是细铁丝，断了，才是扎车胎的东西。真是想不到，只看到那东西蓬松着，像圆形扫帚，是清扫路面的好手，没想到还会有这影响。

儿子买了山地车，准备长途骑行，自己先去表哥的修车摊配了些装备，好像有打气筒，表哥还教他修车，最主要的是补车胎，表哥给了他补车胎的用品和工具，儿子回来跟我们炫耀：我学会补车胎了，骑长途没问题，春雪爸爸教我的。我们不知道，他是什么时候去找的表哥。我们住在城的东南角，表哥家住在城的西北角，两家离着并不近。

我拿着手机左一张右一张地拍春雪儿子，又把茶几盘子上的大苹果都拿出来放在孩子面前，离着他的手不远，让他抓，看小孩子奋斗而不得的样子，很有趣。

春雪看着我又说，没有，我从来没有想过妈妈，连这样的念头也没有。

这样的答案我不相信，怎么会没有？一个孩子怎么会不想妈妈？按我的想法，她是想的，然后再问她是怎么想的，想以后又怎么样。

乐雨华说，想啥想，肯定不想，从小她就没见过她妈，怎么想？家里连她张相片也没有。乐雨平的妹妹乐雨华嫁到梨花村，她老公说，表哥做得最对的一件事，就是让他表妹嫁到这村里。

春雪母亲的事，都是婆婆告诉我的。婆婆说梨花村你们表哥长得丑，也不知像谁，我姐姐就是你们表哥的娘，长得很俊，一头好头发，皮肤也白，眼睛忽闪忽闪的，像会说话，身条溜顺，很好看。你们表哥的爹也不丑，家境殷实，到现在他家族的人好几个很有名的。你们表哥也是个苦命的，一岁多点死了娘，他爹又娶了小媳妇，生了个闺女，不几年也走了。谁知道他长得，哎，不是一般的不好看，娶不上媳妇，眼看着要打一辈子光棍，好歹有个女人跟了他，那女人还是个不正常的。生了春雪后，他一个人要顾大的，又要顾小的，还要出门干活挣一家人吃用，媳妇不是正常人，有时清醒有时糊涂，你们表哥不敢离开孩子，有次他一没看见，她娘拿白糖直往孩子嘴里塞，这是知道疼孩子，但不知道孩子太小，不能吃东西，差一点就把孩子噎死了，吓得你们表哥赶紧把她送到她娘家，也是没办法。你们表哥抱着孩子送到这儿，让我给照看着，孩子太小，一个男人根本照顾不了。抱过来的时候，孩子出生刚刚十一天。开始的时候他还想着孩子大点再把她娘接过来，谁知道她娘有个狠心的娘，刚过完月子，就把她闺女又嫁了，嫁给另一家，你们表哥过后打听了，她娘在那个人家又生了个男孩，不几年就去世了，一直没同春雪说，春雪从没问过她娘的事，你们表哥也从不提。

春雪娘怎么会变得不正常了？我问道。

婆婆说，那个女人我见过，长得很好的一个女人，你看着春雪了吧，春雪像她娘，长得很白净，个子不矮，比你还高。听说自由谈了个对象，她娘不愿意，嫌人家里穷，硬挡，关起来，打骂她，折磨得她不正常，成了傻子，也不很傻，前三句说话还在理上，再说，就胡说八道了，也不打人，就一个人咕哝，听不明白说些啥。

她怎么跟了表哥呢？

是她娘把她嫁给了你们表哥，具体你们表哥没说，别人也不好问。她快生春雪的时候，我去住了两天，她偶尔头脑清醒那么一小会儿，说人是好人，就是又老又丑。我听明白了，这是说的你表哥，接着就犯糊涂，吵着去兔子窝，抓着你们表哥的手说，你行行好，把我送到兔子窝吧，兔子窝，我要去兔子窝。你说好好的人干啥去兔子窝？过了好几年，你们表哥才打听到，兔子窝是个村子名，她以前的那个对象家是兔子窝的。那个时候春雪的娘早不在了。

表哥很能干，靠着修自行车建了新房，四间大瓦房，两间出租，两间自己住，院子里种着月季花，种着石榴树、柿子树、山楂树，柿子树上结的柿子是特殊品种，肉是咖啡色的，摘下来就能吃，又甜又脆，不像平常柿子摘下来比较硬，吃起来很涩，咬一口能涩到舌头动不了。俗话说，七月枣八月梨，九月柿子来赶集。每年的八月十五，我们一家人去的时候，孩子看着大如碗的石榴，和一树黄皮柿子，说它们又好看又好吃，表哥给摘上几个，告诉他说，孩儿，这石榴和柿子还没熟透，现在摘下来不好吃，等熟了给送去啊。果然，表哥不食言，大多时候送到婆婆那儿，我们年年跟着沾光。当年我们买房子的时候去表哥家借钱，第二天他亲自送来一千元，那个时候一年工资发不到二千元。

表哥六十二岁的那年生了病，食道长了瘤子，他没有动手术，打算保守治疗，也化疗，也吃中药，很多时候是乐雨华开着车送他去医院做化疗。打听到外县山区里有个老中医，看这个病很有一手，也是乐雨华开车陪他去看，每次拿回一蛇皮袋的中药。我们去看他，他还照常出摊修车，说没有什么事，你们别挂念着，我一顿饭能吃一个大馒头，还能喝一大包奶。你家的车子有时间骑过来，我给看看，正正辐条，酽酽油，骑起来轻快。

我说，好好，下次骑过来。其实我们已经好久不骑车子了，出行有汽车代步，那辆有结实车筐的车子，放在楼道一角，落满了灰尘，轮胎早就瘪了。

乐雨平坐在树荫下的马扎上说，表哥你干活悠着点，别累着。

表哥手上沾满黑乎乎的油污，在地排车旁边放着一脸盆水，浮着油花，用来查看车胎是否漏气，他撩出些水洗手，说累不着，权当是出来玩儿。

乐雨平说有什么事你就招呼声，表哥答应着。

表哥越来越瘦，年初二全家人聚餐，他拿馒头蘸菜汤吃，鱼肉多少吃点，山药排骨这类菜他也会夹两筷子，别的菜几乎不动，一直过了快十年。

我们去医院看望他，他瘦得看起来越发像外星人，大头细脖子，皮包骨的四肢，支撑着一个大肚子。春雪怀着五个月的身孕，扶着他，用勺子喂他喝水。他同父异母的妹妹陪在一旁。

出来后，乐雨平说，表哥没有多长时间了。

我说，你表哥真坚强，生了那样的病，能撑十年的人不多见。

表哥去世后，春雪一家人过年过节的来看望我和乐雨平。

乐雨华说，大概表哥临去世嘱咐她做这些事。乐雨华还说表哥去世前嘱咐春雪，有机会去给她娘上个坟，烧几刀纸，让她在那边认认，高兴高兴，也是个苦命的。什么村，什么姓，什么名字，他都打听好了，让春雪去找这个人，他知道她娘的坟在哪儿。离村三十多里路，往西一个村子，他也是春雪的一个亲人，表哥守着我说的，不勉强春雪，愿意去就去，不去也没人怪她。

表哥去世前，他们村已改造，分了上下两套楼房，三室一厅，一套自己住，一套出租。

乐雨华说，表哥活着的时候，常嫌弃春雪这不行那不行，他走了，才知道春雪很会过日子，她对象是大学生，学的是农牧林专业，正好在我们这儿发挥他的特长，培育蔬菜苗，工资不低，她生了儿子，婆婆来给看着，她在家里工作，做电脑动漫绘画，收入还行。

春雪现在是名副其实的小富婆了，乐雨华说。

春雪笑道，房子是小产权，不能买卖的。

看着身材发福、长开了的春雪，我想她、她的父亲、她的母亲，他们就像一棵长在石头堆里的苦楝树，即便长得不如意，即便人们不待见，仍然努力地让枝叶迎着阳光和风展开，再展开，仍然开花，仍然结子，仍然带光芒。这也许是我的自以为是，就像当年我下岗那段生活，有的人对我说，你前几年受了好多累，吃了不少苦，不容易。他们的口气让人听着不舒服，同情中有着幸灾乐祸。

春雪生活得很好，不需要他人的怜悯同情。

偶尔会想起梨花村的表哥，乐雨平表兄弟很多，大约有四十多个，提起哪个表兄弟，大多时候不说名字，都有个习惯性的称呼，住在哪个村，就在前面加哪个村的名字，以此来区分。

想起他对人夸我好，不摆架子，不嫌弃人，不看不起人。想起他曾说过，他们胡同一个女孩子，每次从他的修车摊边过，都同他打招呼，他说那姑娘真好，心眼好，脾气好，谁娶了她谁有福气。

我仿佛看到多年前，他家院墙外角落的那棵苦楝树，开着淡紫色的花，花瓣五个，平展或反蜷，温润透亮，很是美丽。

婆婆纳

谈恋爱的时候，乐雨平对我说，以后对我妈好点，我妈很好。我心里有些不舒服，我还没嫁你呢，就开始让我对你妈好，有点过分啊。

第一次去乐雨平家，婆婆从手上摘下戒指给我，说家里也没有拿出门的礼物，给你这个戒指拿着玩吧，这是他一个大姨从台湾带回来的。我连连摆手，不行不行，这礼物太贵重。婆婆把戒指放在桌子上，去忙着做饭。乐雨平拿起来说，我妈给你，你就拿着吧。我接过来看了看，这是枚金戒指，上面还沾有面粉。这戒指我一直没戴，放在匣里当纪念物，在后来的日子里，无数次说起来，这是婆婆家给的东西，心里很高兴，第一次去，就给了个戒指，还是金戒指，说明婆婆家拿着自己很当回事吧，这是我感觉到的。

后来我干活累得腰疼腿疼，也可能是抱孩子累得，儿子一周岁以前，几乎天天抱在怀里，熊孩子在身上扭麻花，时刻想争自由，抱牢他不容易。乐雨平给我按捏的时候，我会想起他说的，少时他干活累极了的时候，他妈总是让他躺床上，给他捏腿捏胳膊，最累的是他高一暑假，他跟着二姐夫去窑场出窑，一口气不知搬多少块砖，不带直腰的，回到家，累得像死狗，是他妈给他又按又捏，让他睡觉舒服些。

婆婆是个美丽的女人，那一年她来我们家，穿着一件蓝灰色的呢子大衣，据她说是捡得她姐姐的，她姐姐年轻的时候随军到新疆搞建设，我们结婚的时候，她姐姐已去世。她说她哪里有条件买料子这样好的衣服，能有衣遮体就很满足了。当时婆婆一头奶奶灰的短发，戴着一顶柿子皮色的贝雷式毛线帽子，一手拎着一箱子鸡蛋，一手挽着个小包袱，就站在我家的小院门口——这小院是乐雨平单位的，两间平房，窗前有棵葡萄树——拉开银色铁皮小门，刹那间，我觉得婆婆如八三版《红楼梦》里的贾母一样美丽富态。

这天是十一国庆节放假，我说我想回娘家看看。我怀孕七个多月的时候，母亲动了结肠肿瘤手术。出院后在我家休养了一个月，父母是老师，他们学校领导关心教职工，对我母亲说，国庆节放假，孩子们也放假，你得回家，一家人吃个饭。于是国庆节前两天派车把她接走了。

婆婆说你的预产期不到十天了，就别回去了，万一提前发动了的话咋办？我想想也是有些担心，乐雨平也不让我回去。婆婆还说，要是有什么事非办不行，让乐雨平自个回去。我说也没什么事，我就是想回去看看。

好好的，咱不回去了，乐雨平哄着。我摸着自己的大肚子，不回就不回吧。

乐雨平搬出炉子，在院子里砌炉子，弄了些泥巴，掺上麦穰，抹到炉子内膛里，婆婆在一边打下手，一边对我说，小包袱里是些旧衣扯的尿布，我拿开水烫了，消了毒，直接用就行。我来以前还去医院查了体，没有传染病，放心吧。没想到婆婆会想得这么周全，尤其给媳妇伺候月子先去医院查体这事，我是没听说过。忽然想起京剧《沙家浜》里的一句唱词，这个女人不寻常。

过后想起来觉得庆幸，庆幸那天没依着性子作，婆婆劝住。当天晚上我肚子疼起来，叫醒乐雨平，起初还能咬牙忍住，可很快忍不住了，同婆婆说了，婆婆有经验，一听就说这是破了羊水快生了，得赶紧去医院。半夜十二点多，乐雨平用自行车驮着我先走，婆婆随后跟着。过后我才知道，黑天暗地的，街上路灯熄灭，几乎没有亮光，本就陌生的路，让婆婆走着走着迷了路，平时半个小时的路她转悠了两个多小时才到医院。

我在产房里肚子痛得昏天昏地，婆婆正急匆匆地穿行在城里陌生的大街小巷。整个城市都在睡梦里，甚至连个醉汉她都没有遇到，有黑影在角落里发出嗄嗄声，她对我说，她觉得那是一只夜里寻食的猫。如今我自己也做了婆婆，如果我遇到这种情况，也会这样不知害怕不知疲倦地奔波吗？大概会吧，我不是很确定，想着那路上只有我一个人，又是黑夜里，恐惧会使我头皮发麻，可为了儿子媳妇和即将出生的新生命，就像婆婆一样，会生出无限的勇气。

婆婆给我伺候月子的时候，我知道她是一个有故事的人。后来我把婆婆的故事写进了我的小说，不过没让她知道，担心她想多了会失眠。

婆婆是真对我好，女友在一起聊天，说起婆婆伺候月子这个话题，很多结了怨的，叫月子仇，这月子仇能让一个女人记一辈子，月子里的好也让一个女人记一辈子。有的婆婆待一星期的，有的照顾半个月的，有的给做好饭接着回家的，我呢，四十二天我没自己一个人待在家里，半年手没沾过冷水，没洗一块尿布，当然这些里面少不了乐雨平的功劳。婆婆说只有我和孩子在家她不放心。婆婆有事会让乐雨平的两个妹妹过来陪着，帮着做饭照看孩子，有时也洗一下尿布。熊孩子夜里睡觉，要抱在怀里睡，小身子一沾床，立马哇哇哭，没办法，婆婆和乐雨平两人换着班抱孩子在屋里来回走，熊孩子折腾人折腾了半个月才消停。

月子里婆婆一天给我做六顿饭，叮嘱一些月子里注意的事，别落下毛病。月子饭没滋味，我不挑剔，做什么吃什么，不过婆婆可不是胡乱做，给我做的饭比我想到的都讲究用心，她戴着老花镜用镊子细细拔猪蹄毛这个情景，如一根暖藤缠在心里。我们还聊天，相处愉快，她说十三岁以前她家有个大杏林园子，里面的杏树有多大呢？打个比方，一个杏树桩，她八岁大的时候，躺在上面，不露头不露脚。她父亲为自己准备的棺材，八个壮汉刚刚能抬起来，可惜，他去世的时候，这棺材已被人拿走，没有用上。她家地多粮食多，常常分给粮少的人家，有一年，谷子收下来要晒的时候，遇到雨连天气，秫秫、谷都灰包烂了。第二年春天青黄不接的时候，在大集上，婆婆说是你姥爷把粮囤里的谷子全分了，一大粮囤谷子，囤底有一间屋大，那天赶大集，谷子是见者有份。多年后，连周围村子的人都感谢他，那一年虽然年景不好，周围村子却没饿死人。你二舅去摘人家地里的黄瓜吃，人家看见也不敢吭声，怕吓着孩子。家里的地种不过来，就让挨着种地的人家种，白种，一分钱的东西也没要过。她父母亲去世时连哭都不敢哭，下葬都是偷偷地，从此落下失眠的毛病，夜里心慌睡不着，点灯舍不得煤油，就划根火柴照照。

休完产假，我准备上班，乐雨平告诉家里时，公公婆婆已把家里的土地承包出去，准备来城里给我们看孩子。

婆婆喜欢种菜，种得很上心，用泡沫箱种韭菜最拿手。我喜欢吃韭菜水饺，有时她擀韭菜饼，我和乐雨平过去吃，走的时候再给我们割上一把韭菜，我用手摸摸余下的，用竹签支撑的一棵棵韭菜，墨绿鲜嫩，如艺术品，看着赏心悦目。婆婆说，留着那些等你哥嫂回来的时候吃，这韭菜一点农药也没用。远在外地工作的大哥大嫂回家一趟不容易，婆婆希望着把最好的东西留给每个孩子。

老年公寓院子绿化带里，在那些密密冬青棵间，总会有空闲的地方，婆婆会种上几棵葱，撒些扫帚菜的种子。公公吵她，是缺那两棵葱吃？还是缺那两棵菜吃？惹人嫌弃。婆婆说，又不是我一个种，你管啥闲事？回头对我说，走，我领着你去看看。扫帚菜出了不少绿苗，比绣花针大不了多少。这次我确定是因为我喜欢吃扫帚菜做的扒拉子，婆婆才种的。

婆婆还是个识字的，她曾上了六年学，比公公的学历都高。她说，人和人没法比，你爸爸不比我多上了学，人家当了一辈子老师，我呢？唉！她摇头又叹息，她说她是下了决心不嫁人的，后来没抗住，想着嫁给一个有工资的，也跟着沾沾光，谁知道结婚不到半年，你爸爸不声不响回来了，他那身子骨就是个半残废，小时候受了罪，家里没法活，跟着亲戚去了东北，长了大骨节病，胳膊伸不直，腿伸不直，干不了农活，才在村里干了民办老师。真不知咋想的，放着公办老师不干，干民办老师。为这事公公怼她，你知道个啥？不回来指不定早饿死了。

我和婆婆从没红过脸，但有一次聊天，她说了一句话，让我很恼，同她不好翻脸，因为一句话同老人翻脸，我还真做不出来。那就同他的儿子翻脸，那次我对乐雨平发了火，我正在擀饼，越想越气，把擀面杖往案板上一摔，又一脚踢翻了个马扎子。

乐雨平说，谁惹着俺媳妇了？谁惹着我找谁算账去。

我说你妈惹着我了。

她怎么会惹着你？我不相信。

她说我没嫁到百万富翁。

乐雨平笑着说，我妈说的是实话。

实话是实话，不能这样怼人。我是自找的，跟着你受苦受累。

看在她儿子的面子上，这事很快就翻篇了。过年回家，她把苹果花生点心之类的零食放些在我们屋里，说你饭量轻，吃饭少，夜里饿了，有这些吃的能垫垫肚子。我知道她是真善良，没有那些歪心算计人，故而平时有些言语差错，我也就不计较，真心的不计较。

大前年正月里，婆婆出来玩，踩着一块有雪的土块滑倒了，摔到腰椎，医生说需卧床休息。婆婆躺在床上，心态好，不焦恼，没有半点烟火。她喜欢听黄梅戏，乐雨华特意为她买了放映机，一种专放唱牒的操作简单的仪器。婆婆把它放在被子上，看《女驸马》看得津津有味，还同我们说里面的好多情节。能侧躺着的时候，还同公公下象棋，牛气的是把象棋当跳棋下。有时我也跟她下两盘，很快败下阵来，伙同乐雨平一块儿同她下，也下不过她。

平时我不喜欢与别人有肢体上的接触，看着躺在床上的婆婆，几次起意想给她按摩下，可我做这事感到很难，就像刚结婚那会儿，对着婆婆喊那声“妈”，好长一段时间喊不出，倒是婆婆开明，并没有怪罪。喊不出就不喊，别难为着。我深吸一口气，身体软下来，靠向前，从她的头部开始按摩，接着下来是胳膊，发现做了，也不是想象的那么难。

兄弟姐妹轮换着照顾她，有时凑在一起商量着是否请个保姆来帮忙，婆婆反对，说不用，再劝说，还是坚持不用。后来还大发火，说我说了算还是你们说了算？二姐玩笑说，我们小时候，你说了算，现在你年纪大了，我们说了算，你得听我们的。婆婆说想让我听你们的，门儿都没有，这辈子我就是个不受管的，老了老了让你们管着？那哪能够？想得美。关于请保姆的事只好暂停，后来曾请过几个保姆，都没入婆婆的眼，这是后话，又是一个一言难尽的故事，另有稿子专门写保姆的事。

婆婆也是个很好哄的人，我拿出手机给她看抖音，她笑得如同路边的婆婆纳草，一片绿中开着一片蓝色小花，花语是健康。

向日葵的花语

七年前夏天的一个傍晚，和乐雨平在小区里散步。

天光明亮，暗夜还没来临，乐雨平穿着短裤，光着膀子，无袖老头衫搭在左肩。一棵海棠树在广场南沿，树冠约有四五米，开花的时候，像一个大花球，花多得让人怀疑是假的。现在结了果子，我说，等海棠果熟了的时候，我们来摘些。好啊，乐雨平说，家里的小玻璃茶几，面与腿之间有了裂缝，去超市买管哥俩好胶水，看能不能粘起来。

超市就在小区东门口，路过中间的广场，广场中间是一座喷水池，偶尔喷上那么一点水，是为了吸引来买房的客户，小区开发建设了十多年，还在施工建设中，广场周边有两棵一搂粗的法桐，两棵海棠树，几棵丁香树，还有小桥、石头，与石头相依的是连翘和迎春，春天的时候，一片金灿灿的花海，现在是一片绿叶，广场上多的是孩子，如蛙声如蝉鸣般嘈杂。

我俩迈着四方步，拉着手，前后甩两下，心情愉快着，这时手机响了，谁的？我穿着裙子，没有口袋，乐雨平短裤口袋大，一边装着我的手机，一边装着他的手机，手机铃声也是他设定的，同样的“叮零零”，是我们喜欢的那种家庭座机发出的声音。摸出来一看，是他的，他接电话的时候，我在想，大姐家的杏是不是快熟了，抽空去看看。他挂了电话，没有说什么事。

小区的超市里人气旺，我们两个没事喜欢去逛逛，像有些人喜欢赶大集，凑个热闹。

芫荽打折了，一块钱一把，豆腐也打折了，两块钱一块，快来买，鲜面条太实惠了。营业员在一边热情地说，拿上两包吧，两包是平时一包的价钱，早上煮面条，放上几个虾仁，撒上点芫荽，打上个鸡蛋，又有营养又好吃。听人劝吃饱饭，原本只想买胶水，我们又买了面条和芫荽，乐雨平提着。

从超市出来，掐了个芫荽叶子，放在鼻端闻了闻，我比较喜欢芫荽那种特殊的香味，炒着吃或调味都喜欢。

我说，再走走？

在这夏夜里，自然的风吹在身上，说不出的舒服。说起女人过夏天，就是一把辛酸泪，同办公室的男人们，开着空调，温度调到很低，就像在冰库里，还说热得受不了。女人们没办法，夏天穿棉衣，腿上盖小被，是冷得受不了。回家也是，家里的客厅里开着空调，我就躲在卧室。现在享受着这自然风，不急着回家。乐雨平说，他检察院同学打电话给他，让他去一趟，说有事问问他。好吧，我们回家。一路走着，听到脚底传来“咯吱咯吱”的声音，让人头皮发麻，不用看，就知道是蜗牛爬在小区的小路上。我俩只好尽量从路中间走，避免踩着蜗牛。远远的天边，闪电一个接一个，听不到雷声，我说好像看世界灾难恐怖片，乐雨平说，不知哪儿下了大雨，天气这么凉爽。

我们开了车库，把车开出。路上，乐雨平左手扶着方向盘，右手伸过来握我的手。我们的手相握，我笑道，我们结婚这么多年了，感觉仍像是谈恋爱时那样好。

日子就像乐雨平，他想用一样东西，总是慢条斯理从电视柜的抽屉里，取出一个小包，打开，看过里面的大小扳手、起子、十字螺丝刀、六角螺丝刀、一包钢钉，这些东西，大多是他收用的，收得整整齐齐。

这整整齐齐却出了乱子，那种有条不紊地安稳现如今一团糟。

过后妹妹说我，检察院喊人过去，你以为是纯喝茶聊天啊？要不怎么说我们傻，真以为他同学叫他去，就是平常同学间互动。

乐雨平进去后，我在大门外面等着，拿出手机点开网面，浏览新闻，看到一些新奇的，想着过一会儿跟乐雨平讲讲，分享八卦信息，已是习惯，当然大多时候是我巴拉巴拉地说，他只是听。

吸一支烟的工夫。

乐雨平吸烟，从我认识他就吸烟，谈恋爱的时候，他说结婚后戒烟。结婚了，他说再等一年就戒烟。可他戒烟只是说说，该怎么吸还怎么吸。他的烟史很长，从高中二年级开始吸烟，最早是好奇，用向日葵的干叶子捻碎了，拿作业本的纸卷成烟的样子，点燃，叼在嘴上，吸一口就满脸通红，不停咳嗽。后来偷拿他父亲的烟吸，他父亲也是个瘾君子，每天早上，一睁眼，别的先不做，趴在被窝里先吸支烟。烟就放在枕头旁，过了烟瘾，这才起床，曾经有一次，带着火星的烟灰掉在褥子上，着了火，差点引起火灾。乐雨平的衣服上，尤其是上衣，一个小洞又一个小洞，好像虫子咬了，那是他吸烟落上有火星的烟灰烧的。有人对我说，乐雨平烟瘾那么大，你也不管管他？两人也不是没为此吵闹过，他对我说，烟他是戒不了，你也别费那个劲。我想，两人为个吸烟天天吵，都生气，弄得心情不好，影响感情，不值得。于是不再管他，愿意吸就吸吧，他反而自觉地少吸，也不在卧室吸烟。我们出去玩，比如说去朋友家，去前商量待多长时间，常说吸一支烟的工夫，或吸两支烟的工夫。

我坐在车里，车停在检察院门口，等了一支烟的工夫，乐雨平打电话说，你先回去吧，不用等我了。挂了电话，一想，家里钥匙他拿着，赶紧给他打电话，电话已关机，幸亏车里有备用钥匙。

我自己车技不好，挂了二挡，用比走快不了多少的速度开车慢慢回家。我拿了驾照已快十年，平时没机会开，乐雨平不放心我开车，阴天下雨不能开，人多的地方不能开，晚上不能开，平时都是他开车，我坐车，我可以在副驾座上睡觉吃零食，不停地说话。

车开回家后，我没敢开进车库，怕开进去开不出来了，单位有个同事就出过这样的笑话，没办法，找了几个人抬出来的。回家后，我给乐雨平打了无数的电话，你拨打的电话已关机，那个清脆好听的声音一遍遍重复着，你拨打的电话已关机。恐惧好像一只野兽要把我一口吞掉，吓得我浑身出汗，这天晚上我有生以来第一次失眠。不长时间前我还同他讲一个人节俭的故事，听文友讲，那人是她对象单位的，一个人能节俭到什么程度？单位每星期三中午吃一次肉包子，需要个人交成本价买，已经很便宜了，每次吃包子的时候，他故意去得晚，到他的时候，包子没有了，食堂师傅说，你看看，包子没有了，那给你两个馒头吧，凉馒头，不收你钱了。就是这样少吃个包子，多占两个馒头的便宜，好不容易存了一千元，他的工资一下涨到一千多元，据说，他一下子像傻了一样。我同乐雨平说，咱可不节俭到那个人的样子，该吃吃该喝喝。他笑说，攒钱也得有啊，哪里有钱让你攒啊。

第二天一上班，我就去找了他单位领导，他说，只要没有经济上的事，就没多大问题，这下放心了。他是个善良的人，从没害人的心，也没有野心，更不肯假公济私，卡拿要那是强盗行为，他更是不齿。可是一天过去，两天过去，三天过去，乐雨平还是没有回来，人也没有消息，我开始托人打听，请了律师，总算知道发生了什么事，原来一个企业报补贴，材料作了假，手续从乐雨平他们办公室盖章上报，企业做了假报告，他们没有看出来。有人说他早不知道这事，早知道早找找关系。我说，他真不知道这事，他要是早知道，成了同谋，更严重。补贴资金通过财政局直接下发企业，他和他的同事没有动人家一分钱，即便这样，说他玩忽职守，上没有动领导，下没有动科员，让他这中间的承担责任，二十多年的工作说没有就没有了。事后我对乐雨平说，只要人没事就好，工作丢了再找。二十多年前我就下岗了，和我一样的一大批工人，全国几千万，现在不是照常生活得好好的。我想起开车的事，对他说，若是看驾照的话，我是个很优秀的驾驶员，既没有违章纪录，又没有扣分纪录。不洗碗的人是不会打破碗的，打破碗的是那些常洗碗的人。这样想就有了平常心。

那些日子，好几天不吃饭，也感觉不到饿，怎么也减不下来的体重，一下子轻了十几斤。很让我耿耿于怀的是，原本妇科检查子宫饱满，卵巢正常，一下子就停了经，提前进入更年期，血压高、失眠，整夜里亮着灯，睡不着觉，靠在床头上，刷手机看小说，打发时间，困得实在睁不开眼，看不清字，这才睡上一觉，打个盹，熬到凌晨三点左右睡觉。这个坏习惯，一直保持到现在，到了夜里三四点，头脑反而清醒，也是常有的事。

多年后我在广袤的寿北田野里，看见一大片向日葵，这是谁家种植的？好多好多，像我们那儿种的蔬菜大棚，望不到边际，晴朗的天空下，无数棵向日葵开出一片黄灿灿的世界，那种热烈，那种朝气，把人从头到脚掩埋，想着若是有成熟的，买个十个二十个的回去，吃个过瘾。凡·高的向日葵隐藏着怎样的玄机，与我喜欢向日葵没有多大关系，我喜欢向日葵是喜欢吃葵花籽。每年向日葵成熟的时候，有时在大街会见到三轮车里面放着葵花头，那推车的会说自家种的，没用药，很好吃，不贵，小的十块钱三个，大的十块钱两个，只要遇到乐雨平就给我买。我抱着小盆一样的葵花头，像一只小松鼠一样“咯吧咯吧”往嘴里放葵花籽，吃得指尖发黑，嘴唇发黑。

有一段日子，我常常做那些乐雨平丢下我的梦，或者他开车，好好的路车子就是走不了，周围有些丑陋的人阻挡着，每每想来都是心惊肉跳，伤心难受。现在我已很少做这样的梦了。

我还做过一个梦：儿子失踪了，到处找也找不到，然后就去找乐雨平，打电话打不通，人也找不到，找到他打工的地方，他的老板是个女的，三十多岁，相貌还可以。同我说了乐雨平上班的办公室，1050室，到了那里一看，是个大型商场，好像万达建在我们这儿的超市商场那样大，人多得乌泱泱的，问了人，好不容易找到那个办公室，推门进去一看，根本就不是，一群老头儿在里面玩，出来以后又问人，也没找到，正好看见那个女老板，她也跟着来了，车筐里带了些鸡蛋，说是给乐雨平吃的。当着我的面她给乐雨平打电话，电话接通了，她把手机给了我，我接过来打，手机里是嘟嘟嘟声，对方挂断了，看到手机屏上的一张照片，乐雨平一条腿跨坐在自行车上，一条腿撑在地上，双手握着车把，身子俯在前把上，正笑眯眯地对着那个女老板，女老板坐在一张摇椅上，紧挨着自行车前轮，看着乐雨平，眉飞色舞，周围种植着好多花，开着蓝色的花朵。也不知什么人给照的这张相片，很传神，乐雨平是侧面，那个女老板是正面。找不到人，只好报警，警察帮忙找，乐雨平的大哥姐姐妹妹也找。梦里那个女人离过婚，没有孩子，是她把我儿子藏起来了。我对乐雨平说这个梦，他说你就会杜撰。

怒火噌噌地上啊，就是火，火得胸腔都快爆炸了，夫妻之间哪里有真正的对错是非之分？不外乎哄一下，宠一下，日子就过去了。

我们不要吵架了，吵架我心里难受，他看着我的脸，望着我的眼睛，很沮丧地道。

我说，好，我们不吵架了，抱一下。

拥抱入怀。

有一天我知道向日葵的花语是沉默的爱，它阳光，明亮，爱得坦荡，爱得不离不弃。看到儿子儿媳在争一个手机充电器，我先充。凭什么？看出他们是在闹着玩，我小声对儿子说，用上手机有十多年了，我的手机很少自己充电，都是你爸爸给我充，向你爸爸学学。

拉拉秧

乐雨平现在比我对我们村还熟，他知道看大门的叫什么名字，还知道我们整栋楼住户谁家住在哪个楼房里，对我们这个楼道的住户更熟悉，户主叫什么名字，谁是哪个家的，他都认识，见面还互相打招呼。

村里新房子分下来的时候，已简装过了，安装家用电器的时候，他来得多，就同左邻右舍认识了。他同我说，楼上的住户叫李好礼，那次去安装太阳能热水器，他进屋看了看，同乐雨平说，楼道的卫生，平时让他母亲打扫着，村里给每个楼道一年补贴一百块钱的清洁费，这个钱就给他母亲吧。乐雨平同我说，给她就给她吧，咱不计较这些。咱这个楼道，就他家是常住户，这钱给人家也是应该的。我说。当然我们每次去的时候，发现楼道里不干净，楼梯上有些泥土印子，我用水桶提了水洗净，再去，泥土印子又有了，他们下地干活，不带泥土回家怎么可能呢。楼道门上的钢化玻璃破了一块，也是乐雨平告诉我原因，是李好礼同村里的一个叫李重新一块喝酒，喝醉了，那人用拳头捣破的，好像是他欠李重新的钱不还，李重新恼了。乐雨平还说李好礼骂楼上的李抿，说李抿还是在外头吃公家饭的，家里钱那么多，还来分这几块清洁费，还把他家门口的垃圾扫下来，扫到李好礼家的门口，气得李好礼骂李抿不要脸，不做人，什么素质！

算来，我们家搬离村子已近四十年，当然年节还是回来看看的，家里还有叔叔大伯，却是匆匆来匆匆走，也就吃顿饭的工夫，见不到村里几个人。

这是我退休后的第二年，遇上特殊情况，宅在家里多日，过了5月，便回老家小住半月。

走过门口，顺着路旁冬青围成的绿化带走进小区，迎面是一个花园式的广场，匍匐地面的太阳花，开出一片的淡黄、粉白、紫红、妃红，衬着肉质小绿叶，如锦似绣。

喂，你是哪里的？你谁呀？我回头看，一个中年人正站在村子门口处喊，说你呢！你是谁呀？

有些迷惑，四周无人，远处花廊下有几个老年人，这是说我哩！

我赶紧说，我就是这个村的。

那人往前走了走，说，你是谁家的？俺咋不认识你。

我拉下口罩，说了我父亲的名字，又说了我母亲的名字，父母是老师，村里人大都知道他们。我说我是他们家的大闺女。

喔，三叔家的，没事没事，你忙去吧。

我回头看，靠近村门口的绿化带好像一柄绿色如意。那人背着手往回走，我想了想，不认识他。

村里很多人都不认识了，孩子、年轻男人、年轻妇人，见一个，由远到近，暗里明里地打量人家，找不到一点熟悉的影子，年纪大些的，也要细端详，依稀还能辨出小时候记忆里他们的样貌。

曾经看过一篇文章，给那些想回乡的人留一条回乡路，我不知村里是否给那些在外地工作的人留了回乡路，反正村里新农村建设拆旧宅建新楼时，只要村里有宅基地的，都分给一套楼房。

福明随娘改嫁快七十年了，回来，村里还给他一套楼。尚石大叔站在他家楼下同我讲。1950 年新中国颁布第一部婚姻法后，兴起一次离婚热潮，我小时候常听大人议论，说谁是离过婚的，这个老婆是后娶的，后来渐渐了解到，比我父亲年龄大点的那代人，凡是在外工作的都回村同“糟糠之妻”打了离婚，理由是“反对父母包办，婚姻自主”。只有一家没打成，是因为那男人一回家，那女的就藏到野外地里，让你找不到人，怎么打离婚？那时他们已有五个孩子。还有一家，男人是靠女人到集上蹬缝纫机，帮人缝鞋帮，挣钱供他上的学，孩子都四个了，回家打离婚，女人自然是不愿意的，男人拿菜刀砍她，不离婚就砍死她，没办法只好带两个孩子走了。这个叫福明的，父亲在外面找了个年轻漂亮的，家里的妻儿就不要了，他娘带着他和他姐姐改嫁外村，如今归宗了。

尚石大叔，是我父亲的堂兄，因家贫，打了一辈子光棍，八十多岁的人，面色红润，走起路来像兔子一样快。村南有个集市，我见到他时，他坐在马扎上，面前放着几个大鹅蛋，旁边是他的三轮车，三轮车上放着鸟笼子，一只叫赤眼的小鸟在里面跳来跳去，过一会儿啾啾地叫几声。我买了小葱、丝瓜、两个羊角蜜甜瓜、一个黑皮面瓜，还有玉珠般的樱桃，这些菜和瓜果新鲜的似乎还带有泥土的呼吸，这样买点，那样买点，不觉买多了，拿到大叔的三轮车上，他帮着给驮回来。大叔逢集必赶，主要是卖鹅蛋，我过去的时候，已快卖完了，我问多少钱一个，他说，四五块钱一个，刚刚卖了个大的，四块五毛钱，便宜那人了，那鹅蛋差不多半斤重，真有些舍不得卖。大叔手里拿着块手机，说这是块老年机，不能收钱，我也没办法，让人扫扫别人的支付宝，扫谁的也行，反正转一圈都是熟人，谁手机收了钱，谁再把钱给我。大叔说完张着嘴眯着眼笑，仅剩的一颗牙齿挂在上唇边，得意洋洋。

大叔家的楼房与我家的楼房是对山，村里一个宅基地能换两户楼房，一户一百二十平方米，一户六十平方米，据说这叫子母型房型，两户对门，父母同孩子住对门，很方便。

大叔把大户型租出去，小户型自己住，家里收拾得很干净，阳台上养着几盆花，有绿萝、君子兰、玉树、海棠，还养着两只鸟，除去那只赤眼，还有一只八哥，见人去了，还会说你好。

大叔对现在的生活很满意，他说，他是扶贫帮扶对象，政府给些补贴，村里也有，再收点房租，还在村北坡的一块空地上养了几只鹅，几只鸡，下的蛋吃不了，就卖了换个零花，林林总总的收入算起来，够吃用的。

他还说，我们村自从住上楼后，村里几乎没有光棍了，就是光子这样的也有媳妇了。我知道光子，他今年快六十岁了，因父母早逝，兄弟多，长得又不好，多年一直娶不上媳妇，现在好了，老了老了，倒是娶上媳妇了。据说那女人明挑开，等光子百年后，这房子就是跟着她改嫁来的儿子的。光子是同意的。大叔说，前些日子村委里让去开会，我去听听，说是一个月给七百块钱，一直到老。我说这是好事啊。他说什么好事，是瞅上这房子了，拿了人家的钱不要紧，等百年之后，这房子就归村里。大叔已立下遗嘱，百年后房子归他的大侄子，侄子他从小哄大的，同他格外亲。

在村里住了不几天，听同族的一个嫂子说，你大叔的那个大侄，做的事真是笑人，他弟弟提了箱子奶去看他大伯，让他知道了，就骂他弟弟，你要干吗？以前你怎么不看咱大伯，现在充什么好人？是不是也瞅上咱大伯的房子了？气得他弟弟再不去他大伯家。我听着只是笑，然后感叹一句，看着很好的人，长得也好，挺帅的一个小伙子，有一米八的个子，怎么会做这样的事呢？

村里还有个盲人，小时候常去我家玩，同我父母说说话，好多年前，我回村在街上遇到过他一次，我问他，还记得我是谁吗？他笑着说，你是彩华呀，一听我就听出你的声音了。年轻时，他像明眼人一样，去挑水，到了井边，桶吊在扁担钩上，一点也不犹豫，伸扁担直接到井里打水。打辘轳浇菜园子，一个人，扛着架子，到了井边，一点不错的支上，放桶进井，人也掉不了井里。他还会说书，还会算卦，还会爬树掏鸟窝，有一次他去摸喜鹊，这是一棵十五六米高的老楸树，鹊巢在树上端的一块斜枝上。有小伙伴在地面指挥，他或东或西，摸索着攀爬，一会儿便找到鹊巢。当时他说鸟儿还小，就空手回到地面，但他回家说其实鸟儿已团翅，是不忍心摸下。他在村内行走，直接不用明杖子探路，想到谁家，出门走多少步，右拐或是左拐，都能准确到达，甚至门槛也不成障碍，就像看见了一样，直接一步迈过去。

族里的一个二爷爷，八十多岁，穿得干净整洁，上衣还是格子布的，他年轻时伤了脊柱，成了驼背，一个人过，很爱看书，很尊敬有文化的人，对我说他家有好几本书，让我去看看。他拿出一本书，用报纸包着书皮，我接过来一看，是一本《弟子规》。他说我还有一本好书，弯腰拉抽屉翻出一本来，也用报纸包着书皮，很干净整齐，以为是什么好书，接过来一翻，这书没头没尾，书页都泛土黄色，一看就是有些年头，面上不好表现出来，只说这书是《呼延庆上坟》，很小的时候我就看过了。他还说，老村拆迁的时候没留下张相片，就是李老师来照了几张。我心里一动，当时拆旧屋前我陪父母回趟老家，随便照了几张，主要是照我们家老屋留作纪念的，没想特意为村里拍个什么留下什么。过后找父亲寻找出来看看，过去两三年了，幸亏父亲在电脑里有留存，有几张还算是留个纪念吧，一张是村委门口，一张是村里的大街，一张是多年的小卖部，还有一张是二爷爷的个人照，父亲的摄影技术还算可以，把二爷爷照得很传神，脸庞红润，笑眯着眼睛。电话中对父亲说了这事，父亲抽时间去照相馆洗了好几张，我去了趟拿回来，特意给二爷爷送去，说你看你的长寿眉，他抖动了两下长长的灰白眉毛，嘿嘿笑，谢谢李老师啊。去他家本来是想看家谱的，不过没看到，他说有人拿去看没还回来，有空去拿出来让我看看。二爷爷说这家谱很珍贵，一般人不给看。“破四旧”的时候，刚续了老家谱，就被扔到火里烧了，大家伙以为老家谱真没了，幸亏当时续谱时我的一个爷爷誊写了一份，偷偷藏了起来，才没断了。五百六十年了，老祖从开封府迁过来。我们村就是一个姓——李，但是有老李和新李之分，据说我们这新李老祖的父亲是河南开封府的一个书吏，有一次从这里走，发现我们这儿是个风水宝地，就把他的一个儿子留在这里了，原来这村里的人也是姓李，到现在比新李高一个辈分。

说起这家谱，当时老文化局的局长同我们村里的人是一个老祖，他说你平时写东西多，也写写我们家谱的事吧。我是不愿写的，我说，闺女又不上家谱，心里有一股子不平气。老局长说，那是老传统的做法，现在闺女也上家谱。我说我可以帮着找个人来写。后来联系了个报社记者写这稿子，刊登在当地的报纸上。

二爷爷领着我去看一个人的雕刻，他直夸那人刻得好，写一手好字，第一天去那人没在家，在蔬菜大棚里摘黄瓜，第二天提前约好，见到了他的根雕，被二爷爷夸得好像天下第一。村里搬迁留下的一个老槐树根，被他挖出来，在根上雕了一个猫头，一个象脸，一个羊头，还有一条鱼。我不好拂了他的好意，也说不错，其实刻得一般般，又看他写的字，并没有二爷爷说的那么好，想是村里字写得最好的就是他吧，也是，平时忙农活，还有一份写字画画的心，已是很出头了。

我没事喜欢在村里转转，这个时候村里年轻人多外出干活。有一次我在村里转悠的时候，看着一个牌子，白底红字写着“李尧小卖部”，进去一看，还是小时候的那个人，靠门口东墙边安着一张小课桌，李尧就坐后边。他也快八十岁了，算起来经营小卖部有五十年了，里面卖的东西在货架上凌乱地放着，人在里面只能侧着身子走，还有四五个在里面玩的，我在外面听着很热闹，我一进去，几个都不作声了，随即离开，我一时有些小尴尬。李尧还认识我，同他聊天的时候，有来买馒头的，那些玩的人就在门口外面帮着拿了，李尧甚至连身子都没抬，拿出一个小本子记下，我看到上面记得密密的，都是赊账的，想来过段时间一块算。小卖部是个车库，我以为他家就在楼上，他说是租的人家的车库，我问咋不在他家那儿开？他说他家的楼让他拾阄拾到门口边了，门口两边一边一个大超市，咱怎么能撑过人家？在这里面，有图方便的，就近买点小东西，赚个三核两枣的，图个有块地方玩吧，反正闲着也是闲着。

还有一个小名叫粮囤的，我回去的那几天，有人同我说起他，这粮囤我认识，他的弟弟和我是小学同学，他家有一个很大的枣树，长在大街十字路口，小时候队里出工用的钟就挂在那枣树上，钟是一块满是锈斑的大铁片，大清早，队长会拿一根铁棍敲上工的钟声。枣子快熟的时候，他还坐在树下看枣。他死了好几天，都没人知道。他是娶了媳妇的，结婚好几年没有孩子，有一次他媳妇去卖菜，路上出了车祸去世，据说赔偿了不少钱给他，还有这些年他种大棚也存了些钱，他死后这钱都不知道去哪里了，他的亲人们互相猜疑，在村里弄得很出名。也有人说他自己把钱都祸祸了。很能喝酒，常找些外村的人去家里喝酒。

粮囤一只眼睛有玻璃花，个子不高，脸长得方正，身子也方正，不太喜欢说话，他娶的媳妇是个哑巴，又老又丑，竟然有人想强奸她。他弟弟与他家一墙之隔，听到啊啊叫后同粮囤说这事，据说那人做这事不是一次两次，粮囤对人说那谁纯粹是欺负人，他一怒之下报了警，起初觉得这是个丑事，想私了，三千块钱，给他三千块钱，他就不作声。偏偏那人太气人，别说三千块，就是一块也不给，你能咋地吧？警察来把那人带走，他承认只是逗引她，并没得到手。村里人都很奇怪，他自己的媳妇又年轻又好看，干吗去欺负个老又丑还哑的女人？他自己有两个儿子，劳改三年，放出来，大概收敛些。没想到那人劳改期间，粮囤媳妇出车祸死了，粮囤再也提不起劲干活，那么能干图什么，没有老婆没有孩子，开始好吃懒做起来，成了村里的困难户。乡里扶贫的干部过一段时间来趟，人心眼好，来就来吧，还给他捎箱子奶，还带着钱，还有政府发的钱，日子过得还行，每个月发扶贫款，一发下来，先去买酒喝，李尧知道这事，酒都是买他的。住了楼还不到两年，有一天，他外甥给他送菜，敲门没开，放在门口，隔了一天，又去，还没开门，打电话也没人接，从窗往里瞅，好像有人躺在床上，叫人来，帮忙敲破玻璃，开窗进去，人已经死了不知几天，都发了，胳膊比腿都粗。他外甥喊冤，都说他舅有一笔钱找不到，猜测是给了他，或那天他先进去的，他最先发现他舅死了，他翻了他舅的家，拿了存折去银行领走了钱，有粮囤的家人说，去银行问过，银行里有人说，确实有这么一笔钱，已被人领走，被谁领走的？保密，想问清楚，那要报案找警察来问。家人嫌麻烦，都是自家人，转来转去，肯定是自己家的人拿去了。他们不想追究这事，弄得很难看，有可能是外人拿走了，一块喝酒的，也没人管，反正人已经死了，不找那些麻烦了。

我想约几个小学的同学聚聚，找到一个同学，说了这事，好像不那么热心，感觉有点隔阂。一个说，这几天他家的羊下了小羊，在坡里，晚上他要去同他父亲一起做伴，看门，他父亲九十五岁了，还放着一群羊。一个说他家的黄瓜正雇人摘，急着卖，过两天吧。念着上小学时我们同桌的情谊，让尚石大叔领着我去了他家的蔬菜大棚。我们村主要种黄瓜，摘下的黄瓜送到村口收货点，发往蔬菜批发市场，这个市场是全国最大的蔬菜周转基地。他们一般在凌晨三点起床去大棚里干活，干到早上六点左右，两口子去附近买个馒头或油饼，有些时候自己带着饭，简单吃过饭，接着干活到十点半左右。天热起来，人在外面树荫地里都受不了，别说在塑料膜罩着的大棚里，那里温度高达三十多摄氏度，他们这才回家休息，吃过午饭，午睡起来，下午三点左右进大棚，一直干到晚上八点左右，天黑得看不见棵上的黄瓜，才回家吃晚饭睡觉。同学说，大多时候都是这样的，同常人的作息不一样。聊了聊原来小学的同学，现在各自的境况，很多人的遭遇难以想象，像小美，上面有三个哥哥，她最小，那是葱花似的待遇。后来结了婚，丈夫生病去世，儿子大学刚毕业出车祸走了，公公婆婆那边的亲友挤兑她，她待不下去，改嫁了。坐在大棚头上的小屋里，我们唏嘘然后沉默。走的时候，同学给了些黄瓜，我抱在怀里，新鲜的黄瓜散发出阵阵清香，感动中又感觉怪不好意思，就像专门来跟人要黄瓜似的。

路上碰到一个女同学，当年她是跟着我们村的一个人私奔了，有了两个孩子后回来的。她说现在环境破坏得严重，以前村东有一条河，现早已没有影子，村里的水湾，孩子们夏天“打彭彭”，冬天玩滑冰，也没有了，河和湾没有了，住在里面的鱼鳖虾蟹都没有了，连带着关于水族的传说也没有了，一同没有了还有河岸上的动物植物以及它们的传说。

村里人虽然住了楼房，好像还有着惯性的习惯，比如夜间不拉窗帘，其实也没有什么好看的，我站在客厅里，透过玻璃窗能看到后面人家的客厅里有什么，透过他家的客厅，视线能望到远方的大棚，还有拉拉秧、灰灰菜、亭亭草覆盖着的地方，是我们村原来的旧址。还有些树，梧桐树开紫花，家家院里有三两棵，家有梧桐树，引得凤凰来。还有榆树，寓意年年有余。还有槐树，俗话说，门前有棵槐，不挣自个来。还有石榴树，多子多孙，还有楸树，千秋大业。现在的新村，再没有这些树，都是些苦楝树、女贞子、樱花树、冬青树，栽种得整整齐齐，大概觉得这些树四季常青？或是能开出美丽的花？新村里树不能乱长，野草不能留存，新村绿化有专人打理。

村里路面用水泥硬化，再不用担心像小时候那样的泥泞道路，光脚走在上学的路上，一脚踩在一泡鸡屎上。不用拉风箱烧柴草做饭，遇到阴天下雨，柴湿烟多，呛得人咳嗽个不停。小时候说的如童谣般的“电灯电话，楼上楼下”现在已成为事实。

晚饭后出来溜达，遇不到几个人，遇到也是不认识，站在客厅里，透过折叠窗帘的缝隙，看着下面有人在打扑克，有的在哄孩子，有几个还朝着我家的窗子指指点点，我的心里莫名升起一种恐惧感，不知道他们会说我什么，我的发型？我的衣服？或者我家的车？甚至我家的沙发都有人说。村里的人也不像以前，亲热是亲热，总觉得有距离。是他们把我当外人，还是我自己把自己当外人？如同看着路边的榆树叶子很嫩，挑挑拣拣，摘了几片刚冒的叶尖，回家掺了玉米面蒸饼子吃，想着小时候吃起来很香，现在吃一口，感觉难以下咽，不是想象中的味道了。

比人还高的乳白色的大理石，安放在我们村北门，上写黑红色大字——尧水幸福社区。站在这里向远处看，很多绿延伸到远方，忽然觉得那成团成簇长得茂盛的拉拉秧，茎叶长着小刺，缠缠绕绕，多像村里人，多像村里人的关系，扯不断，理还乱。

海棠的传说

我家小区东门对面的公园里，贴着小区的南北路上是一排海棠树，中间一条小路的入口处，左右两边各有一棵高大的海棠树，碗口粗，站在树下，头需要后仰与地面平行才能看到树顶。花开的时候，多的简直可以用一个族群来形容，花瓣由红渐变到粉，水嫩润滑，让人恨不得照下来，画下来，藏起来。等果子成熟，成亮丽的水红色，摘一个，咬一口，酸甜面豆，冬天天寒地冻，树叶都落光了，海棠果还挂在树上。宋代诗人陆游赞美过海棠花，他说："蜀地名花擅古今，一枝气可压千林。""若使海棠根可移，扬州芍药应羞死。"我常常从这里路过，欣赏这海棠花海棠果，据说海棠花有象征游子思乡，表达离愁别绪的意思呢！后来偶尔从网上看到关于海棠的传说，不由想到乐雨平的一个表姐和她的父母。

据传，在很早以前，望京坨的深山老林里住着父女二人，父亲叫马三河，女儿叫海棠。父女俩以打猎为生，相依为命。一天，年方二八的海棠姑娘，跟随父亲在望京坨打猎，这里野兽繁多，忽见一只恶虎张着血盆大口，带着呼呼风声向马三河扑来。海棠姑娘为了救助父亲，挺身上前与虎相拼，无奈身单力薄，倒在了恶爪之下。山上砍柴、放羊、采药的乡亲们闻讯赶来，打跑了恶虎，把她救下望京坨，沿着这三十多里长的沟谷回村，一路上鲜血滴滴流淌。后来在洒满鲜血处开满了火红的山花。乡亲们为怀念舍身救父的海棠，将此花命名为海棠花。

结婚那天，坐桌吃饭的时候见到一个中年妇女，印象特别深，她面白如玉盆，如一把粉团扇，眉眼见喜乐的样子，说话不多，笑也是并不张扬的笑，有人介绍说，这是乐雨平的表姐。过后才知道，这个叫单杰秀的妇女是乐雨平二舅家的大女儿。婆婆对我说，别看你们二舅闺女少，就你表姐一个闺女，还有三个儿子，你们表姐也没拿着娇待。我曾听乐雨平说过，他二舅是大学生，毕业后分配在很远的地方工作，怎么这个表姐却在这个村里？后来听婆婆说，你们二舅是1949年前考上的大学，上学的第三年中华人民共和国成立的，一毕业分到外省一个大城市，那个时候兴早结婚，工作时已有老婆孩子。多年后，大概二十年左右，你们二舅熬到可以带家属的时候，就回家把他们一家人一块儿搬走了，三个儿子还有你们二妗子一块儿搬走，独独留下你们表姐一个人。原因很简单，婆婆说，二妗子二舅担心将来他们有一天回老家，老家里没有个亲人可不行，于是就把大闺女留在了老家，这样当他们回来的时候，家里还有一个地方留存他们，有个亲人在身边照顾他们。这是不是个很可笑的原因？当然这是我的结语，尤其是知道表姐在回娘家的火车上，让人从怀里抱走孩子时，想想都觉得不可思议，别人倒不会认为可笑，他们倒是说我是那可笑之人。婆婆说也不怪你们二舅和二妗子有这样的想法，谁也保不准在外面工作一辈子不摊上个事，摊上事的时候，最坏还有个老家接着底。多年后，婆婆叮嘱我们，她和公公百年后，家里的老宅无论什么时候无论多缺钱都不能卖了，千万记住了。

乐雨平的表姐，由婆婆做主，嫁给了他们本村里的一个年轻人。

婆婆说看着雷生是很好的一个人，谁会想到他后来会变了，人前一个样，人后一个样。婆婆左右摇动了几下头，又看着我们说，我是不是犯了罪，在你们表姐婚事上？又低头发狠道，雷生变得那样也怨大妮子自个儿。婆婆说这些话的时候，表姐已离世多年。她说她也是受二舅二妗子托付，给表姐找婆家，当年还有好几个帮着找的，表姐的姨、舅也帮着找，大妮子谁也没看上，就看上雷生，雷生年轻的时候长得真俊，个子不高，模样长得好。

表姐所嫁之人叫乐雷生，第一次见到他时，乐雨平竟让我称呼他二叔，我很纳闷，他不是海波的爸爸吗？海波是表姐的小儿子，比我家孩子大不了几岁，常在婆婆家玩耍。乐雨平解释说，按辈分他本来就是二叔，从小称他二叔称习惯了，表姐嫁给他，一时不好改口，干脆原来怎样称呼还怎样称呼。听听，表姐和二叔是两口子，听着就不顺溜，是否预言着两人不会和谐呢？我也跟着这样称呼，笑说糊里糊涂地整不明白。

乐雷生白净脸，身材瘦弱，不像庄户地里干活的身量高大健壮，果然，婆婆说他就是没下地干很多活，一结婚，你二舅就出钱帮着他们弄了个小卖部，卖零七八碎的东西，雷生只管着进货，你表姐管着卖，按说小日子过得很好才是。

两个人年轻时候没少吵架，你表姐性子急，能干，不会说话，遇到那不吃屈的，比如说，她说你也有一件这么好看的褂子？人家怼她说，怎么着，我就不能有这样的衣服，我不配穿这样的衣服？还是我长得丑，没你俊？我确实长得不俊，我承认不如你，可你也不能这样说话啊？说得好像我就是刘姥姥，你就是林黛玉。她一句话也回不出，就生气，生闷气。她是一天也舍不得离开屋去玩耍玩耍，雷生能喝酒，喜欢交往人，交往人就要散财，出去找人喝酒，拎两瓶子酒去，很寻常的事，你表姐节俭，就算账，几箱子酒能挣出两瓶子酒？婆婆说，让我是你表姐的话，我就不同他吵，他是为了出去交往人，你说在村里哪里用不着个人，电灯不亮了，你爸爸都不知道怎么回事，也得找电工来。多亏雷生出去交往人，他家的屋才盖起来的，当时盖屋的时候，没攒下多钱，全是靠借钱，找人帮忙盖的。依你表姐那个脾气，难盖起来。

过年过节的，或是休班回老家，沾着亲戚的光，只要回家，一般就去她家串门。她家的屋后是村里的一条大街，开了后门卖东西，我们去的时候，表姐常在柜台后忙着，穿过由砖砌的柜台，柜台东头留一米见方的地方，上面搭盖着一块木板，木板拿下来，人就可以过去，接着是一排货架子，上面摆得满满的杂货。不间断的有人来买东西，一会儿买糖一会儿买酱油一会儿买洗衣粉，她刚刚进里屋，还没同我们说两句话，又有人买东西，她赶紧去接待，陪着我们说话的多是二叔，二叔很热情，对人又亲切，感觉他人确实不错，聪明，懂大道理，说起来一套一套的，说话又慢，听起来让人很舒服。他教我们说，在单位干活，尽量不要做那个先出头的人，先看看别人怎么干，你在后面跟着学，尤其是遇你不会的事，这样才显出你的能耐。谁会想到他会家暴，打表姐，打孩子，乐雨平说有一次亲眼见过，表姐儿子海田不知为什么生事，他爸爸一脚把他从屋里踢到当院子里。幸亏命大，倒也没怎么伤到，孩子皮实，也吓坏了，多年后，说给我听，你说二叔那个人得多狠的心，一脚把个不到三岁的孩子踢得爬不起来。就是这个孩子，跟着他母亲去姥姥家，丢了。我家孩子都三十岁了，婆婆还常提起这事，哪里是家啊？对你们二舅二妗子来说，这里就是他们的家，对你们表姐来说，她爹娘住的地方就是家，一同雷生吵架，这就走娘家，那个时候路远，火车又没有直到的，路上转车，转车得等一天一夜，她自己抱着孩子，困得不行，在候车室里，有个中年妇女过来逗孩子，她没往心里去，一次又一次，第三次的时候，她困得实在睁不开眼，感觉像做梦一样，梦到孩子睡在她怀里，睡得很香很沉，人家抱走他，他都不醒，她还埋怨着，你看这孩子睡得，让人抱去都不知道，她一激灵醒了，发现孩子真让人抱走了，她像疯了一样到处找，可惜到现在也没有找到。那孩子就像从人间蒸发了一样，再没有信息。婆婆说，也去抽过签算过卦，说是十八岁那年就能找回来，你们表姐都没了，孩子也没找到。孩子刚没的那几年，你们表姐见人就说，都怨我，我怎么就没想到现在人稀罕孩子，不稀罕东西了呢？只顾着别丢了东西，给他姥爷捎的海棠果……人不是稀罕东西，不是不稀罕孩子吗？给人家都没人要吗？我记得以前就是这样，跟着家里人不是坐了一次火车了，谁想到现在人翻过来呢！说着说着就流泪。丢了孩子的表姐不知道有个叫鲁迅的人写了篇小说《祝福》，那里面有个祥林嫂，她的儿子让狼叼走了，她的口头禅是“我真傻，真的，我单知道雪天是野兽在深山里没有食吃，会到村里来，我不知道春天也会有”。婆婆也不知道祥林嫂的故事，婆婆说，大妮子丢了孩子，就是丢了魂，一直到死，很少见她有笑模样。我对婆婆说，表姐丢孩子的时候，正是计划生育最厉害的时候，一对夫妇只能生一个孩子，农村户口的，头胎生一个女孩，还能生二胎，城里的人可不管男女，就一个，谁家不拿孩子当宝贝疙瘩。我心里说，我家儿子小时候带他出去玩，那是不错眼珠地盯着，这样有次还差点吓出心脏病来，有一次带他在公园里玩，一眨眼的工夫就找不到孩子了，完了，我感觉如同掉进黑洞里，大喊他的名字，一声接一声，询问周围的人，想着得回去叫家属院里的人帮忙找孩子，儿子从人缝里钻出来了，原来他看人家玩碰碰车的看迷了，紧紧蹲在栅栏根，被大人遮挡住，任我在后面怎么也发现不了。

这事没同婆婆讲过，怕她担心。婆婆接着说，你表姐的户口那个时候还没起回村，在你们二舅那里。原来，表姐曾跟着一块儿去了她父亲工作的地方，本来是在大城市，不知什么原因，婆婆过后猜测，有可能是成分问题，你们姥爷是地主，也有可能你们二舅前些年说了一些过激的言论，反正不知是什么原因，被下放到偏远的地方，来信说，那里连块糖都买不到，不想你们表姐嫁在那个贫困的地方，想着过几年能回大城市里，他原来工作的地方，可惜，不几年生了一场病，一直到九十多岁去世，也未如愿。他很有才，一生不得志。婆婆又叮嘱道，你们在外面工作，说话也要小心，不是什么话都能说的。

后来表姐又生了一个孩子，发下誓言，长大后考交通大学，毕业后去铁路上班，找他哥哥。有次聊天说起这事，他说不好找，把情况也发在网上，寻人的网站，没有任何线索。

看到粉黛花，开了一大片，很美丽，像云雾，花语是期待，想起表姐和她被人抱走的孩子，表姐得了肺癌，不到五十岁就去世了。去看望她，说不出话，喘不动气，还挂心着找孩子。想那粉黛草原产北美大草原，在我们这里却也长得很茂盛，很美丽，照样开出美丽的花儿，生长得很好，但愿表姐被人偷去的孩子，在不知哪儿的异地，生活的幸福，假如他还活着，愿他有生之年找到亲人。

前几年二舅二妗子去世，回老家安葬。婆婆说，你表姐走的时候，我就对他们说，起着家里老人的牌位走吧，以后上坟在那边方便，你们二舅二妗还不愿意，还要回来。

表哥回老家给他父母立碑，回来前，先请了乐雨平的一位老舅帮忙，乐雨平也跟着忙前忙后，他开着车拉着老舅找了刻碑的人，那人住在一个铁皮小屋里，用电脑打字，用专门的电动工具刻字，让把老人和小辈人的名字写在一张纸上，交代再交代，别写错了名字，来来回回好几趟，确定了碑的大小、高矮、价格，弄好后，又来看，定好后，表哥回来，帮着找拖拉机也是专业的人干的，把碑给拉到墓地，墓地在弥河东岸，紧贴河堤的一个地方，离他们村好几里路，树木乱哄哄的，主要是槐树，杂草丛生，白色塑料袋挂在树上，草丛里，坟头大小不一，每个坟头前都用几块砖围着，有烧纸的痕迹。没有同他家的祖上埋在一起，因为坟头太多，没有地方，就在老墓地的北边找了一个地方，用铁锨挖了坑，埋了他们的牌位。离开家乡近七十年，其间也回过几次家，生了病后，再没回来过，婆婆说。表哥请了村里人的客，都是来帮忙的，给老舅留一千元，他无论如何不要，又把钱留给乐雨平，让他去给，我们又去了趟老舅家，推让了好一会儿，把钱扔地上，这才留下了。老舅说你看看，收钱多不好意思。我说，帮这么多忙，一次一次去看，找人，找地方，找刻碑的，挑碑石，应该的。大概谁也不想欠谁的，欠人情最难还。

现在的坟很小，直径不到一米，像鲁迅写得如一个个大馒头，没想到这大馒头不久也没了。二舅二妗子的碑立了一年多，整个县里要求，墓地统一搬迁到公墓，碑的大小统一，碑面刻字统一，碑边栽树统一，这样看起来整齐，像花园一样，看着就是学人家外国。有时候感觉很奇怪，一边骂着外国的东西不是东西，抵制外国货，一边跟着人家学。比如这平坟头改卧碑，改变了我们几千年的传统丧葬习俗，四四方方的卧碑，看着与城里的标准公墓无二样，细看，还是有差别，碑薄，四周空的，用两块水泥板支撑着，中间没有间隔，有人开玩笑，中间没有神道，父母两个合葬的，怎么在一块儿，谁也去不了谁那边，爬墙也没得爬，上面盖着碑石，没有缝隙。那怎么办？没办法，这设计得不合理。人家城里的有，中间一个孔，那是神道。二表哥又回来了趟，匆匆来匆匆走，谁知这坟里的人安不安，大概安了吧。原来那块大的碑如扇门，被砸碎后深埋在土里，也许多年后，被后辈挖出来当古迹看待，也许不几年让人挖掘出来当建筑垃圾丢弃。上坟摆供品的时候，婆婆说，放上盘子海棠果，你二舅从年轻的时候就喜欢海棠。怪不得表姐家院子里有棵海棠树，婆婆家也有一棵，海棠果在树叶落没的时候，还有些在树上，红红的透着亮，馋人。

如果幸福是一棵树

我知道一种盆栽叫幸福树，是结婚二十年后，有一天中午，我正在做饭，乐雨平从外面搬了一个花盆进来，花盆如脸盆大小，棕红色土陶的，上面还有兰花图案，盆里有一棵拇指粗筷子高的绿色植物，卵形的绿叶不能说披头散发，但数目确实多，叶子上被淋了些小雨滴，更显绿汪汪。看着乐雨平弯着腰快挪腿，我说你不嫌重压着腰呀，看起来这东西不像会开花的，只看绿叶吗？乐雨平把盆栽搬到阳台上，蹲在那儿，从上面轻抚了下那些绿叶，又从下面轻抚下，说这盆栽叫幸福树，我特意买回家的。还有植物叫幸福树的？幸福像树？只为这名字也养着，好好养着。

后来发现这棵小幸福树不好养，就送了人，乐雨平又弄了棵大的，有小孩子胳膊粗，花盆要两个人抬。在客厅一角，平时浇些水就行。这幸福树，容易让人回忆些往事。

比如，新婚。

“来了，来了。”家人兴奋中带着慌急的声音传进屋来，紧随着挤进屋里的是众多的女人，大娘们婶子们表姐妹们，以及看热闹的左邻右舍。实际上当时谁在谁不在，我心里是不在意的，只是喜慌，却又端着，好像很淡然。一会儿有人在给我开脸，说了些祝福话，一会儿有人来梳头，同样说了一堆祝福话。说实话，当时我还处在瞌睡状态，一脑门的蒙晕，很多细节不记得了。有些多少有点影像，是谁做的，做了什么，说了什么，可以说做了选择性记忆，只记得人多，满屋的嚷嚷声。婚礼过后，日子回归正常，慢慢回想起来，也是很有意思的，比如说“梳头”“开脸”，这习俗，这仪式，以前在电视上看过，现在自己是主角，坐在椅子上，闭着眼或睁着眼，只管随意坐着，“梳头”和“开脸”由我大姑做，头一天她就来了。

其实，我的头发头一天下午已在县城里找了理发师，专门做了新娘盘头发型，用了两个多小时才做好。乐雨平陪着去的，理发师是个年轻女子，她夸赞道，你男朋友真是好脾气，一直在等着你，也不烦，别的男人早烦了，叽叽歪歪的，早走了。还说喷了定型发胶，头发好几天不会乱。理发师没得说错，顶着用发胶固定的发型，两三天都没变形，洗头的时候，费了好大工夫才一点点把发胶洗去。后遗症就是留了好几年的披肩长发，如绸如缎哩，几乎成了一团乱麻，好多梳不开的结，乐雨平直接拿剪刀剪掉了。若生活中有这样解不开的结，不知能否也拿剪刀剪掉，像丢垃圾一样扔掉？我想大概可以吧。三十年过去，经过实践，果然可以。比如说，头一天两人刚吵完架，为啥呢？就为往饭锅里倒热水煮粥，把暖水瓶放在厨房忘了拎出来，他喝水找不到暖瓶就发了火，说了多少次，从哪里拿的东西再放回哪里，你怎么就不听呢？我悻悻地把暖瓶放在他面前，他还在说，你知道我最看不上的是什么吗？就是家里乱，不利落，你看你弄得桌子上，那书，那本子，用了不会收起来？我听着也火了，你明知道我喜欢把书把本子摆在桌子上，看到哪里随时坐下接着看，你为啥非让收拾了呢，想看的时候接不上头尾。越说火气越大，我不利落，你找那利落的去。你简直无理取闹。你才不讲情理。两人生着气睡了，一夜无话。第二中午，他拎回家三个大葵花头和三十多个嫩绿莲蓬，都是我爱吃的，一气吃了一个葵花头，花盘大得如锅盖，吃得我腮帮疼，这叫吃了人家的嘴短，肯定不会再治气，如丢弃那剪下来的头发结。

继续说“梳头”“开脸”，大姑拿一把红色梳子，对着头发做梳的样子，边梳边说吉祥话，一梳金二梳银三梳孩子一大群……我心里嘀咕，一对夫妇只能一个孩子，否则等着被开除被罚款吧。

“梳头”好了接着“开脸”，结婚时女人才“开脸”，这是一种风俗，一辈子就开这一次脸，开脸的镜头，以前只在电视上看过，要找儿女双全、夫妇和睦的好命长辈来做，拿一根缝衣服的红色细棉线，挽成三个头，两手各拉一个头，用嘴咬着一个头，拉开线，双手上下动作，那红色线便有分有合，把脸上的细小汗毛绞下来，边绞边说些“左弹三下中状元，右弹三下福满堂”这样的吉祥话。其实“梳头”“开脸”只是走走过场，做做虚样子，开脸的线没有贴在脸上，也没有绞下一根汗毛，大姑又拿了个剥了皮的鸡蛋，在我的脸上滚了几滚，也不知什么意思，又让我吃了一个鸡蛋，喝了两口水，说当新媳妇这天少吃饭少喝水，一天不能解手，又说，毕竟现在是文明社会，实在憋不住该去就去。过后才知道，村里的厕所是露天的，不分男女，建在院子的角落，墙不高，不到人胸膛，蹲下看不到人，站起来就有些尴尬，新媳妇穿得鲜艳，格外显眼，结婚那天，乐雨平家还在院子里搭了临时厨房，参加婚宴的、帮忙的人很多，去厕所就要绕过这些人，绕过人绕不过人眼，想想就可怕，所以再尿急也要憋着。顺便说两句大姑，论起来她算是好命，一生虽没有大富大贵，平常一农村妇女，不过她儿女双全，一生平顺，现在九十多岁，仍然康健，面色红润，头发雪白，天天喝牛奶，顿顿吃一个大馒头，村里发的新棉被都盖不过来，她对现在的生活很满意。去年大姑夫刚去世，生病住院不到三个月，老两口子从不吵架，她曾说过，年轻时有一年队里杀猪，她买了些猪下水回家，大姑夫是瓦匠，外出干活回来，有好事的就对他说，你老婆趁着你没在家，偷着买猪下水吃。大姑夫当场道，买点猪下水还用得着偷吗？我早就知道了，我让她买的，给孩子们补补。这件事大概让大姑记着一辈子大姑夫的好，我家孩子很大了，去看望她，她还提这事呢。

头一天就来了的大姑，帮着母亲炸麻花，大姑指挥着，和面的时候多掺上白糖和鸡蛋啊，做出来不是卖的，是自家吃的，可是得真材实料。又说面不怕硬，面越是硬，炸出来的麻花越好吃。又说让她婆家看看，咱这么实心待他们，以后他们也会实心待咱孩子。面确实硬，我看到擀面皮的婶婶踮起脚后跟，几乎把整个身体的力量都用在两只手上。其实我和乐雨平已去城里最好的那家麻花店买了几十斤。这家麻花店经营得好，儿子和他的好多同学结婚时还用这家的麻花，二三十年过去，店家已扩大经营，成了婚礼物品专营店，只要是结婚用的小物件这家店里都有。家里又张罗着自家再多炸些麻花，担心少了我分不着受难为，做得好吃，也是为我争脸面。小火烧没有烙，我结婚时已不兴了，兴分饼干。婚礼当天下午，新媳妇拿出从娘家带来的小火烧（饼干）、麻花、糖块放在一个红色木盒上，由家中帮忙的人分别送给村中家族女性长辈及男方的女性长辈亲戚，叫“分喜盒子”。对方回赠红包，叫“压盒子钱”。当年的小火烧是用白面烙的，如桃子大小，馅儿是麸皮的，有鱼形、心形、花形，在鱼的眼睛、花的花蕊处点上一个小红点，让小火烧更可爱。小时候缺吃少穿，得一小火烧，珍惜得很，不舍得吃，一直留着，留到硬得如石头，才用大门牙一点点铲下来吃掉。去看新媳妇，大多说“要小火烧去”。随着生活的改善，人们已不稀罕这小火烧，就用各种点心代替。

谁知道我们家准备了这么多东西，随接亲的车一起去到乐雨平家，他家人竟说他们这儿不兴分喜盒子。真是闪了一下老腰，只好入乡随俗，拿来了的东西又不能再拉回去，放在大屋里，凭他家随意处理，好像大多被去看媳妇凑热闹的人吃用了，都夸好吃。

眼看着乐雨平没有被顶门的亲友刁难住也撒了红包，顺利闯关就要进屋，好多人急呼，快，快坐好。有人准备了一把椅子放在屋子当中，我坐在椅子上，盖上红盖头。这椅子还是我小舅刚学会做木工时做的第一把椅子，母亲常唠叨，看这椅子多结实，坐了这么多年也没晃悠，她很为她的弟弟感到自豪。母亲说红盖头买条透亮的红纱巾，不要那种大红布巾，照张相看不清脸，走动看不见路，这红纱巾一遮，什么魑魅魍魉的也都能挡住，还看得清路。透过喜庆的红纱巾看到乐雨平进来，咧着嘴，一脸笑，穿着一身深蓝色西装，黑色新皮鞋，这是西装革履哩，这一身行头是特意为结婚准备的，一头卷发，理成寸头，上唇的小胡子刮了，看起来精神了不少。众人在旁边起哄，磕头磕头，不磕头不让走。他看着我，笑咧着嘴，鞠个躬吧，鞠个躬一个样。我笑着，心里想磕什么头？开玩笑，男儿膝下有黄金，这头是随便磕的吗？鞠躬好。大伙起哄，行行，快鞠躬。他像个大傻一样的松了口气，恭恭敬敬鞠了三个躬，我端坐着，两手放在膝上，挺直着脊背，受得心安理得，关于这平常的礼节，结过婚的女师傅说过，也听老人们讲过，头天晚上大娘、婶子更是耳提面命，接亲为什么要这个章程？说将来两口子吵嘴，可拿出来说事，当初，可是你磕头跪腿地请俺来的，可不是俺自己愿意来的。以后吵架的事？我听着过来人介绍她们的经验，心里很不屑，两人这么相爱，怎么会吵架？那是不可能的事，他那么让着我。处在幸福中的人，怎么会想到两口子吵架那是分分钟的事，前一秒好得像一个人，后一秒恨不得扑咬他一口。

他说走吧，手向我伸过来牵我的手，我乖乖地让他牵了，没有矫情。其实想反悔的时候，是在婚姻登记处，有个女同事同她男朋友去了三趟都没按那手印，我笑她矫情，她说，明明这手印一按上，再反悔，那就是打离婚嘛。我和乐雨平登记的时候，没想这么多，却有些豪赌的感觉，希望自己运气好，遇到一个好男人，一个好人家。一个女友得知我们登记了，直接对乐雨平说，这人追到手了，证也拿到手了，人跑不了了，以后不用再对她好了。乐雨平马上说，这人是自己的，以后更应该对她好才行。女友乐了，算你厉害。我也乐了，有他这话托着呢，以后的事以后再说。

于是欢喜跟着他向外走去，这就是执子之手，与子偕老吧，这一去开创新生活，对未来充满着信心，心头乱纷纷，甜蜜蜜，穿着新嫁衣，头上戴着花，在亲友的簇拥下我们往外走，我说不用急，又不是以前，媒妁之言父母之命，两人一次面没见过就结婚，我们可是恋爱好的。有人说这闺女就是个慢性子，不随她娘。在厂子上班时，车间安排我同一女工友一块儿干活，她曾经说了一句真受不了你这个慢性子的，幸亏找了个能受了我这个慢性子的男人。我不喜急性子，每天都在急匆匆急乎乎，似乎总是有忙不完的事，总是停不下来休息一会儿，就像母亲，活儿干不完，是不能睡觉不能休息的，父亲正好反过来，反正干不完了，干脆先吃饭先歇会儿。我们孩子都随了父亲这一脉。

坐上车往他家去的时候，没有想过家人的心情，据说父亲随着一直走了大远的路，直到看不到车了才回家，还掉了眼泪。后来参加多了嫁闺女的场合，才明白一个父亲嫁女的心情。

用轿车接媳妇，那时还比较少，他的单位就是这两辆车，都派出来给他接媳妇用，面子不小，过去多年，说起这事，还很感谢。一辆尼桑，我和乐雨平坐，一辆大头皮卡，送客坐。以前我有个追求者，我们在一块儿工作过，他后来调走，专门去学了开车，在某机关单位开车。当时找结婚对象，正流行“方向盘听诊器营业员，什么都不换”，有个室友对我说，她父亲是司机，她也想嫁个司机，工作轻快还有外快，不过有亲戚说得嫁个开车的不如嫁个坐车的，确也有道理，不能不说受了这话的影响，感觉那人是好人，却不适合我，没有答应他谈男女朋友，他也是仗义，有一天在我的宿舍他和乐雨平遇上，他对乐雨平说，结婚的时候打声招呼，他给出车。乐雨平说谢谢，好说。过后他说结婚用车用谁的也不用他的，看着很大度，其实他也是吃醋的。

车一路走得平稳，你说咋就晕车呢？大概从没坐过这样高级的车，我晕得那个难受，一阵阵反胃，拼命咽唾沫，紧紧抓住乐雨平的手，他也用力握我的手，说话转移我的注意力，你呀，坐小时候那种大胶轮车，肯定不会晕车。我说坐那车也不错，大车板用席子撑起来，上面覆盖上红色小碎花布面，两头挂上牡丹花或凤凰鸟的喜幛，拉车的大红马脑门前戴着大红花，马脖子上挂着俩铜铃铛，一路咯棱咯棱地响，车把式换了新衣，手里的鞭子束了红缨，赶着车向新郎家走去，村里的梧桐树开着紫色的花，路的一旁是麦田，另一旁是菜地，新媳妇就在车里盘腿坐着，屁股底下铺着厚厚的棉褥子，又舒服又浪漫，我们一群小孩子在后面跟着跑，边唱着“山老鸹尾巴长，娶了媳妇忘了娘”。后面这话不能说，跟着口水咽了肚子里。谈恋爱的时候，乐雨平就说了，结婚后要对他母亲好，为啥？他说他母亲很好。

说着话分散了注意力，果然不太晕车。

路上遇桥撒糖，撒一大把，不知什么风俗。糖用小手帕包着，是早在家里准备好的。

到他家门前下车，他妈亲自开的车门，鞭炮响成一片，噼里啪啦，啥也顾不得，顾不得看，顾不得想，司仪喊拜就拜，透过红纱巾，只觉周围很多人，处处有人晃动。过后看照片，乐雨平家院墙有大半人高，院里院外挤满了人，每张脸都带着笑，都是淳朴的笑容。心里放松着，也是些好相处的，果不然，三十年来，乐雨平一家人，他的父母，他的两个姐姐一个哥哥两个妹妹，从没与我红过脸；家里有什么事需要帮忙，打个电话就赶过来；哄着孩子回家的时候，家里人都是做好饭先让我吃，她们给抱着孩子。就是闹洞房的这天晚上，很多人换着法闹哄，乐雨平家里人早安排人看护着，糖和烟准备得足足的，让我没受一点委屈。

母亲给我做的新嫁衣，我一直留着，儿子准备结婚的时候我拿出来穿了穿，还挺合身的，拍了照片发到家人群里，都说，像九儿穿的花袄，你儿子的婚礼上你穿着也行，很好看。这偏襟夹衣有的是石榴红缎子面，母亲亲手缝制的，有五个盘扣，淡绿色的芯，红色的芽包围着，全是母亲亲手盘做，又一针一线缝上，结婚时穿上，都说好看，过后没舍得送人，一直挂在衣柜里，留作纪念。

说起来，这些碎碎的事与幸福树有一毛钱的关系没？若幸福像树，这些碎碎的事是否像幸福树的叶子？

在卧室里摆一盆文竹

雪像米粒大小，顺风扑面落下，一忽儿化成水，落在头发上，落在衣服上，用手摸一下，冷而潮。这种“饭粒子雪”多了，树木也会变白，大地也会变白。地面结冰，电动车胎侧滑了两下，脚向前滑了三下，穿的是高跟鞋，立马下车推着走，害怕摔着。每天路过的学校门口，接孩子的车和人挤成一团，每个人都心急着回家，每个人都想着快点走，这米粒大的雪却让人们不得不慢慢来。一辆救护车拉着长号“完了完了”，一声迭一声，响得人心慌。可陷在车阵里，寸步难行，很多人站在人行道上，替那救护车着急，让人恨不得挽挽袖子把它抬出来。不知那被急救的人怎么个状况，希望他福大命大。有人喊，警察呢？警察在哪里？期盼着警察来指挥指挥这混乱的场面。我摇摇头，多像昨天晚上儿子同我讲电话，他问我在干什么？这么大的声音，哗哗地难听。我说，我在冲洗拖把。他说先挂了。先别挂，这就冲好了。轻轻把拖把放在桶沿上，我说，就没有耐心等上一等吗？五秒，五秒就好，如那些挤在一起的车和人。

一晃神的工夫，“咣当当”一辆山地车摔倒在我的面前，连车带人滑行了大半米，这是个穿着深蓝色校服的学生，外面穿着蓝色羽绒服，很亮的蓝色，肩膀上背着一个黑书包，我想着停下车去扶一把，他骨碌一下爬起来，说这地真滑。我问，小同学，没摔着吧。他说没事没事，扶起车子，正了正把，骑上走了。旁边有接孩子的大妈喊着小心着点，别骑快了。幸亏是个孩子，幸亏穿着厚衣服，幸亏是在人行道上，幸亏孩子是纯真的，定是不会“讹”人的。这若是个老人倒了，扶还是不扶？这事让人有些纠结。曾经有个老人，扶着一辆手推车，在我面前倒在地上，像慢镜头一样，我下意识地伸手想扶他，又犹豫了，招呼了两个路人，才一块儿把老人扶起来。幸亏老人很好，说没事，没事了，谢谢你们。自己扶着手推车慢慢走开，一条腿划着圈，这老人半身不遂，行动不便，家人咋放心他自己一个人出来溜达的。过后反省，自己也是担心被人讹上，若老人是诚实的，还有老人家属呢？好心没得好报的事例多了，做个好事，还要先考虑是否有被讹的风险，我也如现在多数人一样，犯了怀疑病，可我心底还是相信“记得早先少年时／大家诚诚恳恳／说一句／是一句”（木心）。

主路上车挨着车，只好走人行道。小北风飕飕地刮，戴着口罩，脸上倒也没觉得很冻，路旁边的白蜡树，没有叶子的枝干，竟像一幅水墨山水画，韵味十足。

下班前乐雨平打电话说来接我，我说不用，下雪又不是下雨，淋不着，多亏他没来接，来的话，说不定也会阻在路上了。

下雨的话，乐雨平就来接了。

那是夏天的事，也是在这条路上，也是在这白蜡树下。

太阳当空，白而亮。下班后正往家赶，走到一个路口，忽然有水滴落到脸上，抬头看了看，以为有人泼水，再看，是雨点，铜钱大，落到地上，一下子被热的地吸干。下雨了，我没带雨伞，没拿雨披，赶紧让电动车跑到最快速度。刚刚压低身子，不到两分钟，雨点密集起来，扑噜扑噜拍在地上，雨点比一枚五分的硬币还大，送外卖的小哥停车，拿出雨披披上。到前面小区门口就好了，有屋檐遮挡可以避避雨，快快，还有三棵树的距离，感觉身上衣服湿透，雨水淋到脸上，看不清路，注意到有人在树下避雨，也赶紧停车到一棵树下，这个时候雨已成暴雨，整个公路上的水如烧开一样，翻腾着密密的水泡。这树下也不能躲了，雨水已穿过树叶不停地落下来，想着赶紧给乐雨平打电话，问问他在哪里，若是在单位，离着不远，他会来接的。掀起衣服遮挡着手机，尽量别沾上水，打电话给他，果然在单位，他说你别走开，等着，我马上过去接你。我说送把伞来也行，下大雨走不了了。挂了电话，在树下等，抬头看，雨滴也落得大起来，湿了头发。前面不远处停着一辆三轮车，倒着来到我身边，一个老人扭着身子对我说进来避避雨吧。行啊，谢谢。我走近一看，里面坐着两个小朋友，是接孩子放学的，三轮车窄，我身上衣服湿得几乎滴下水来，没法同孩子挤，只好侧着身子，让三轮车的罩布搭在身上，像披了雨披。我问老人在哪里住，老人说就在旁边这个小区。我说我也在这个小区住，不知你家住几区。老人说了楼号，又说了门牌号，我说真是巧了，我家同你家一个楼道，住一楼，感觉一下子亲切起来。我们住在这儿近十年了，他家住在这儿六年多，我们一个楼道，竟然相互不认识，这事有些荒唐，又觉得可以理解，楼上楼下，即便是对门，也是陌生的，现在的人没有串门的习惯，不像原来的家属院，大多都是一个单位的，抬头不见低头见，尤其夏天的晚上，大人在楼头的路灯下打牌吹牛侃大山，孩子们在院子嬉戏打闹，好不热闹。如今再难寻那样的友情，那样的纯粹，我无比怀念那样的时刻。现在住的是商品房，住户都是来自各地，偶尔在楼梯走个对头，打个招呼还是好的，最有礼貌的是老人和小朋友，见了就问好。

乐雨平开车过来，让我先上车，他拿了伞把电动车推到回廊下，又感谢了老人一番，同两个小朋友道了再见，这才回家。路上他同我说，那个老人的儿子是律师，他见过，还相互留了电话号码，住五楼西户。楼前常停着一辆越野车，就是他家的。嗯嗯，那他媳妇是干什么的？他媳妇好像当老师。乐雨平知道楼道住户的许多信息，开始我有些惊讶，你什么时候知道得这么多？他说，有次楼道停电，大伙都聚楼下聊天，一次就互相认识了。我说我咋不知道？他说，你不知道也正常，你的心不在这上面。真是，我不认人不记路，一般人见过三四面还不认识，不像他，电话号码能记住一二百个，见过一面的人，再见到，一眼能认出，在哪里什么时候见过。这记忆力不佩服都不行。

一回家我先去做饭，厨房里像蒸笼，热得汗水顺着头发根往下淌。想起有个文友说，他们爷俩儿在客厅开着空调玩着手机，她在厨房热得流大汗，很生气，凭什么呀？凭什么你们在做着自己的事，而我却要为你们忙活，做不了自己的事。她想着刚开了头的那篇稿子，正写到关键处，不得不放下，先做饭。是啊，凭什么？凭什么我心甘情愿地为他洗手做羹汤，凭的是在自己需要的时候，第一个想起的就是他，只要他在，什么都不用担心。开车无论去哪里，知道他在家里，哪怕是我开车去了窄胡同倒不出来，哪怕开车迷了路，只要我需要，他就会来帮我。我记住的电话号码，除去自己的，一个是父母家的，一个是他的。我们两个自从用了手机，号码一直就是这一个，心里多坦荡的人才会多年不换电话号。儿子的电话号码也记不住，三天两头换号码，没法记，兄弟姐妹的电话号码也记不住，我知道只要记住他的电话号码就够了，不管你想干什么，只要找到他，他都能帮到我，他几乎是万能人，我一个人的，我很得意。手机话费没了，他充，支付宝没钱了，他给，想去的地方，他会开车接送。若我一个人出门，找不到的地方，找不到的人，同学朋友的联系方式他几乎都有，没有，他也会想办法找到，他是能的。工作上的事也是这样，不管什么活儿我都敢接，因为他会，他是综合人才，比如做会计，平不了账，他会帮着算，我在一旁看着。比如第一次写大材料，写节能环保的议论稿，需一万字左右，从没接触过这方面的工作，仍然接了，有乐雨平托着呢，利用几晚上的时间，在他的帮助下写出来，领导夸写得好。再比如写的稿子，有时他帮着打打字，写不下去了，他帮着想个主意。

还有很奇怪的是，如果他晚上有事不在家，我会坐立不安，什么事情也做不下去。只要他在家，看电视，吸烟，喝水，在房间里“嗒嗒”走动，我反而心安，该看书看书，该写东西写东西，竟是不受这些声音的影响。

晚饭很简单，一盘土豆丝，半块馒头，另一半上顿吃了，一个没发的面卷，一个玉米，一小角油饼，从超市买回来的，小米粥是我喝的，熬多了，喝了三顿还没喝完。我们查体的结果不一样，我血脂高，他血糖高，一锅饭做两样的，上面蒸笼里是发面的，下面蒸笼里是没发面的，菜炒一盘，他喜欢吃咸菜，可以吃生葱、蒜、辣椒，我有胃炎，这些都不能吃。两个人，一个锅里吃饭，做两样饭吃两样菜，也不嫌麻烦，顺便发两句感言，年轻的时候牙好胃好，却没有钱买东西吃。现在有钱了，想吃啥东西买啥东西，可是牙咬不动胃消化不了，上帝安排得很有意思。

吃过饭，乐雨平说，给你买了个玩意儿。

什么东西？他不声不响买东西给我，已是常态，我仍期待。

他说，你不是说你腿麻吗？是按摩的。

我说这几天不麻了，你又乱花钱。

给老婆买东西乱花钱也愿意。他揽着我说，东西在车里，走，下楼去搬上来。

他从车后备箱里搬下一个大纸箱，说是从网上购买的按摩器，专门按摩腿和脚的。

我说家里不是有一个了吗？

他说，那是按摩颈椎和背的。

我心里很感动，太宠人了呵。这算啥？他把按摩器搬到沙发上，让我把腿放上，打开开关，按摩开始，像有只小手一下下按摩，很舒服。我说，贵吗？他说不贵，再贵，为了你舒服，也买。嗯嗯。那还是谈恋爱的时候，有一次我感冒了，喉咙痛，不敢吃东西，喝口水都痛，找厂医看，他也没办法，因为我青霉素过敏，只好硬扛。乐雨平知道后，买了西瓜和白糖，拿刀把西瓜一切两半，放上白糖，拿小勺子一勺勺挖下来，搅拌两下，让我吃。自小吃西瓜，从来都是好几个人切一个西瓜，吃两片、三片的就很高兴了，从没想过，自己一个人抱着半边西瓜吃，这不是吃独食吗？没有这样不顾别人的。也许是感冒的原因，抱着这半边红瓤黑籽西瓜，莫名其妙地流眼泪，感觉简直太“奢侈”了。

现在又“奢侈”了一把。

最奢侈的是第一次出书，自费，需要万元。有人说，你家也舍得，花那么多钱出本书，又卖不了。有人说得更直接，名家的书摆在书店都没有买的，你又不是名家，出什么书？

乐雨平说，咋不舍得？她又不抽烟不喝酒，不买名牌衣服名牌包，权当给她买了化妆品，买了手镯手链这样的小玩意儿，爱好写东西，写了十几年，出本集子，她就这么个小愿望。他的同学当面开玩笑，你老婆天天写那些东西，不顶吃，不顶穿，有什么用？他接着怼人家，谁说没有用？她就靠写东西吃饭，她现在的工作不就是写东西吗？确实写总结写表扬稿写例行公文是我的工作，与小说散文不搭边，可也算是与文字沾边的工作。那人笑说，也是也是。我顿觉理直气壮起来。

爱好文学这事常给人另类的感觉，是吃撑了的闲人所干，一般不会拿出来显摆，这以后再有人说写东西没有用，我就把乐雨平的观点说给他，让他们没得反驳。

在做着按摩的时候，我往卧室里看了一下，双人床南侧放着一张榆木书桌，面向玻璃窗，书桌上放着电脑，窗台上放着文竹。文竹花盆异形，如一鸟巢，米黄色陶瓷，上有行书“雅趣”二字，还有一褐色小蜗牛，也是陶瓷的。三根细细的文竹，亭亭玉立，似竹，似松，又如云朵，平时只管浇水，长得旺盛。据说文竹是婚姻幸福甜蜜的象征，我们就在卧室摆了一盆，算是一种祝愿吧。

我对儿子复述这个故事，儿子说这不就是个群像吗？有做的，有骂的，有看热闹的。

我对一女文友复述这个故事，她说这是一个爱情故事，一对夫妻的爱情故事。

我对一男文友复述这个故事，他从中听出的是争权夺利。

我们一块儿听这个故事的有五个人，讲这个故事的人也是喜欢文学，他说给你们提供一个素材，谁愿意写谁写。大半年过去，听故事的几个人竟然都没有动笔写这个故事。

我对乐雨平复述这个故事，他说，这不就是个搬家故事吗？像我们，不同点就是鸟是被动搬家，我们是自愿搬家。

这一个傍晚，我的头枕在乐雨平的膝盖上，贴着他的大腿，乐雨平揉捏着我的后脖颈，两个人絮絮叨叨地说着话，大多数时候都是我在说，乐雨平听。

叶同你也认识的，疫情防控期间，他说在单位家属院值班，那个老家属院建了大概有四十多年，前几年想改建成商场，那里位置好，在中心大街上，因为几个老住户的反对，这事没商量成，现在成老旧小区了。叶同说整个春天他都在小区门口蹲着，不放过从门口经过的一个人一辆车。拿着那个手枪一样的测温器，对着人的额头来一下，一开始很多人不习惯，嚷嚷着不用量，又不发烧。同这些人费了些口舌，当人们顺过劲的时候，测温器换成对着手腕测了。这人也奇怪，有大门不走，偏偏走小门，原来只能走人不能走车的小门，用铁皮挡遮起来，不知什么人撬开一条缝，不少人如狗一样钻过来，钻过去。当然，这块不属于我负责，我也尽量假装看不见，心里很纠结，管还是不管？不管，这小区封得没啥意义。管，免不了起争执。干脆休两天班，对这逃避责任行为，我自嘲为惹不起躲得起。

休班回来一看，小区变了样，不但小门重新用东西堵起来，整个小区的树也几乎都被“斩首”“截肢”。什么情况这是？一对灰喜鹊在小区院子里，从楼顶飞到墙上，从墙上落到地上，又飞到五楼窗台上，喳喳喳，不停地叫，我见过那棵最大的法桐树上有个喜鹊窝，树头都没有了，喜鹊窝也没有了，心里说，可怜的喜鹊，快走吧，窝都给毁了，还留恋什么？

这天一上班，老朱，原单位高级农林师，倒背着手，夹着马扎，早早来到我们这临时帐篷，一看到我，就说，我和你说说，太不像话了，他就不是个东西，没点人心眼。大约我年龄大，或许知道我平时喜欢写点小文章，他平时很愿意同我聊天。我看他戴着黑色口罩，开玩笑说，朱老，你不是说口罩最难看的就是黑色的吗？今天你咋戴了呢？

我是为了一窝小喜鹊。

什么小喜鹊？

你没看到？那棵树，那棵大法桐树上有个鸟窝？好几年了。

我看到了，正想问问这是咋回事？

我同你说说这事。老朱说，这次小区换了新物业，一开春先修剪树，整理整理树上的乱枝也是好事。那些工人拿着电锯，嗡嗡嗡，不长时间，把棵好好的树修成了光秃秃，只剩下光棍儿一条站在那寒风里。枝子叶子，如手如臂，章鱼一样七八十条的触手，一根不剩，我直接看不下去了，树都成了“电杆树”“砍头树”这是美化的什么环境？我就去问为啥把棵好好的树弄得不像树？那些工人说，物业里的人说树落叶子，很难看很难清扫。行吧，先不管些闲事，忍着。到了我们楼头那三棵大法桐下了，每棵树都比牛腰粗，树叶茂盛，是夏天人们乘凉的好地方。我同工人商量，那些树割了就割了吧，咱这棵树不能割。看见了吧，树上有个大鸟窝，好几年了。叶同说不打春日三月鸟。朱老很喜欢，好像找到知音人，就是，你都知道不打三月鸟不吃四月鱼。你说那些人是不是没人心眼，简直就是坏，真坏，从心里坏。修树的人很好，留下了树头和有鸟窝的两根树枝，他就回去了，没想到中午吃饭的时候，他说接到一个电话，朱老，你快出来看看吧，他们把树砍头了。他放下筷子就出来，老伴儿跟着说，别管那些闲事了，越管人家越讨厌。打电话的是原来跟着他干的一个科员，他说他也不愿意看到树修理成这样，“朱老，是张局长。他出门一看就骂起来了：谁做的这是？这么缺德，割就一块儿割了，留着两根枝子干什么？难看。他招呼修剪工，割了。电锯对着树枝，喘几口气的工夫，树枝断了，鸟窝也掉下来了。”张局长是单位前任一把手，同朱老关系不好，朱老常嘲笑他的高级职称是花钱买的，是一个笑话。朱老说他走到胡乱躺着的一堆树枝那儿的，看到摔在地上的鸟窝，一些小干树枝，还有些羽毛，他折了根小树枝拨了拨，五个鸟蛋，全碎了，黄蛋清流了一地，他想骂人，也不知道骂谁，就骂那些人没人心眼，不是东西。

过后叶同说朱老说他想起来这事就骂那些人是刽子手。

眼看着起高楼，眼看着高楼塌。

两只喜鹊天天围着那棵树叫，叫得人心里难受，有人见了就撵。

你快快另找个地方吧，它们还不走，偏偏就看中了这个院子。找了棵又高又细的树，开始建窝。刚刚盘建了个底，正对着四楼一户人家的窗子，这户人家嫌弃它们天天喳喳喳个不停，噪声，心烦，就轰。轰一次，轰两次，俩喜鹊放弃了那个地方，又找了棵树。叶同说，这次行了吧，他眼看着它们忙碌，窝也筑得快，大概筑到一大半的时候，遇上刮大风下大雨，那风雨大得吓人，路边树歪了好几棵，树枝断了不少，那个快建好的喜鹊窝给刮下来，咱都跟着可惜，你看鸟建个窝多么难。

后来呢，后来建起来了吗？别急，我这不是正要说么。叶同说那对喜鹊夫妇这次飞到小区东南角，找了一棵好树，至少是它们认为的，开始建它们的窝。这是我听别人说的，这次是正对着五楼一户人家，男人一看到喜鹊准备在这儿建窝，就想轰走，又拍手，又敲盆，拿来两个锅盖对着拍，制造大的声音，想吓走喜鹊。女人同他吵架，说一辈子什么事都听你的，这次就听我的，不能撵，留着它们。你要是撵了它们，我和你没完。男人这次很好，听了老婆话，不再轰，喜鹊这下放心建窝了。它们不知道，下面修剪树枝的还没结束，还在小区里忙着砍树头、截树肢，眼看着要轮到这棵树，没有办法，最有权威的老朱出来都没拦住，他们更拦不住了。这天中午，老司机郎显腰上围着红格子围裙，围裙上有两个卡通小熊，手里拎着把菜刀，站在院子里，冲着那些修树工，高喊道，青山绿水就是金山银山，我看谁再敢整这些树，叽叽歪歪个啥？毛病。站了一会儿，他回家了，后面那些树再没修剪。就这样，树和鸟戏剧性地逃过一劫。

你听了这个故事有什么感想。我对乐雨平说。

人类比动物幸福多了。乐雨平说。

我说，我倒是想起咱的老邻居。就是咱们刚结婚的时候住的房子，后邻。

那个家住了四年多，连张相片儿也没留下。

那时候条件不行，没有照相机，留个纪念照片要去照相馆，房子却去不了照相馆。

我们是1991年登记结婚，五个月后，乐雨平单位给分了房子。这是我们第一个家，两间平房，一个小院，院里有间小厨房。推开银色铁皮门，就是自来水水泥台。好，很好，我们厂里职工结婚只能分一间房，我们竟然分了两间。我们住的那条街叫懒汉街，是个U字形胡同，南北方向，一进胡同，西边是邮电局家属院，东边是五金大楼家属院，往里走是盐场家属院，堵住胡同口，人能从院里穿过去，往西是另一条大街。此处还有供销社的一个仓库，一个大铁门，从外面往里看，一个大院子，好多平房，很神秘，从没进去过。街两旁是一些卖吃的摊点，包子、油条、单饼、油饼、烧鸡，还有油煎包、煎饼果子，等等，靠东墙边建一溜小棚子，有的摊点设在废旧的面包车里。数不过来的小吃，又好吃又便宜，当年很多人来这儿买现成饭，这条街上的人家出门就有现成饭，不用在家里开火，所以这条街被称为懒汉街也是有道理的。

邮局家属院以北路西就是乐雨平单位的家属楼，很光棍的一座楼，三层，三个单元，楼房与储存室之间有条两米宽的小巷路。这条路平时走着不觉得长，我们儿子出生的第二天，从医院回来的时候，用单位的奥迪车去接的，到了楼东头，车不能开进去，需要下车走。那天下着小雨，深秋的季节，地上有些湿滑，乐雨平不让我沾地，怕冷着我的脚，就抱着我回家的，用了公主抱的姿势。这是个体力活，也很考验人的体力和臂力。乐雨平属于男人中偏瘦弱的，个子不到一米七，虽说我刚生了孩子卸了货，重量还是摆在那儿的，他一手托着我的腿，一手托着我的背，喘着粗气，好像刚刚跑了百米赛，我心疼他，怕累着他，说，放我下来吧，顺产，可以自己走。他停下歇会儿，说，没事，我抱得动，我有劲，你忘了我能单手举起一个椅子。他举给我看过，先蹲在地上，用右手抓住椅子的一条腿，慢慢站起来，椅子还正正当当的，面上放本书，掉不下来。我蜷着身子，两手紧紧环抱着他的脖子，希望能让他抱着轻快些。他把我从医院的五楼产房抱到一楼，抱到停在院里的车上，再从小巷路东头抱到西头，一直把我抱回家，放在床上。这事我记在心里，后来的日子，无论过去多少年，同人聊天聊到这儿时，我总是拿出来显摆显摆，如同向人显摆心爱的物件，就像一本好书一件喜欢的衣服一盆自己养的花。

我们这小胡同像一个葫芦，我们就住在葫芦头那儿。有八间平房，四个住户，南边两户，北边两户，我家就在南边两户的西户，门外是一块空地，贴空地西边是一个公共厕所，墙那边又是另一个单位，与这边不相通。我们住进来，有了儿子后，抬头就看着，前面邮局家属院四楼一个小男孩子，每天早上起床后，光着小身子，趴在后晾台上，往下看，肉嘟嘟的，白白胖胖的，大概两三岁的样子，很可爱，二楼有个小女孩，乐雨平下班回家，车子一停下，小女孩趴在后晾台，晾台上有铁栅栏，隔着铁栅栏，跟着儿子一块儿喊爸爸，后来我们认了她当干女儿。收拾这个家的时候，乐雨平亲力亲为，用报纸叠一个帽子，戴在头上，买了白灰，借了滚子，自己粉刷墙，我说别的可以不要，家里有一张床能睡觉，有锅碗能做饭吃就行，书桌必须有，书橱必须有。

谈恋爱的时候，乐雨平就考虑做床的事，他想做一张带床头的床，既能放书，还能让我依靠着看书。于是他这个理科大学生亲自画了床和其他家具的设计图，我这个在工厂加工零件常常看图纸的，看到这三维图，也是佩服得不行不行的。依着我们自己的想法做了床，做了书桌，做了书橱，房前窗下上任住户留下了一棵小葡萄树。我们一家三口在这个小院里住了四年，唯一不如意的是房间里终年不见阳光。

乐雨平单位第一次房改的时候，我们搬走了。恋着这个小院，过了一两年我们一家人回来过，想看看小院变成什么样子了。遇到以前的后邻韩老太，她花白头发，桶式腰身，手里拿着两块纸壳，她说这儿要拆了。我说那你怎么办？她说，没办法，只好回老家。我问她，你没去找找单位上。她说，去找了，解决不了。我们无言以对。

老头子，咱们这儿又搬来了一对年轻人。

我们住进来不长时间，我听到一个老太的声音，穿过我们的后窗，进了我们的屋子，我正在为爱情小说里的男女主人公纠结。不长时间，认识了两位老人，老头儿常讲那些过去打仗的故事，他说遇到小日本鬼子大扫荡，那次他们班八个人，打得只剩下他一个人，在北大洼里遇到了几个被打散的战友，结伴一起走，三天三夜没吃一口饭没喝一口水，想喝泡尿都尿不出来。好不容易遇到一个老大爷，花十元钱买了他一瓦罐水，当时一毛钱能买一斤小米，送了一斤绿豆。所有能喝的水全给鬼子伪军看管起来。刚下锅煮，说是鬼子来了，拿起罐子就跑，好不容易跑到安全的地方，埋锅做饭，煮得半生不熟，鬼子又追来，一人抓了一把，填了嘴里继续跑。第三遍才煮好绿豆小米粥分吃了。老太太碰见，就说老头儿，又在讲那些老掉牙的事，现在的年轻人谁愿意听？老头走出小胡同买菜买饭，过段时间，看到老头儿在小胡同头上站着，后来常见他坐在家门口的马扎上，两手撑着拐杖。问道，郑大爷，咋不去胡同头耍？他摆手说去不了了。我们搬离这儿的前一年，老人去世。

韩老太原来有三个儿子，老伴去世得早，她一个人拉大了儿子成了人，各自娶妻成家，孩子们却容不下她这个娘，吃着饭儿子媳妇吵起来，话里话外不想她在这家里，儿子喝醉酒，把屋门都踹出个窟窿。

她对儿子们说，你们不用为了我天天吵架，我走，我走后，你们守着媳妇好好过自个的日子。她从二百里外的地方，经人介绍跟着郑老头，开始是保姆，过了十几年才登记。她来的时候，郑老头的孙女不到五岁。郑老头是打过长江去的老干部，熬到把家里的老婆孩子一块儿转成吃公家饭的时候，他的两个儿子烧包都打了离婚。老大打离婚的时候，他媳妇舍不下一岁多的孩子，带着走了，那是个男孩。老二打离婚，双方都不要孩子，没办法，只好由爷爷奶奶要来养。那个叫楚楚的姑娘曾对我说过，她长大了后，去跟她父亲要生活费，拿钱慢了，在她父亲的单位，提着他名字骂，她父亲一声不吭，不敢吭。楚楚五岁的那年，她奶奶去世，韩老太过来照顾她，只管吃住，不管零花钱。没办法，老太太平时出去溜达，早上大概四五点钟就出去，捡纸箱子、酒瓶子、旧报纸什么的，拿回家卖钱。老太太跟我们说，她跟着老头子十八年，临走，一分钱也没给她，存折早就让楚楚拿去了，老头子所有衣服口袋都让楚楚掏了个遍。

韩老太说着话，弯腰掐墙边的一种叶子，我认识这种野菜叫车前草。问她，干什么用，她说回家炒炒很好吃。

对乐雨平说，现实真是现实，有老头儿的时候，什么也少不了她的，没有老头儿了，什么也没有她的了，老了连个藏头的地方也没有。女人必须有一份工作，一定的经济来源，无论什么时候。

雨点打在窗外的树叶上，忽然有些悲情伤秋的感觉，停了说话。乐雨平用手挠我的下颌，说明天早上你想吃什么？我出去买吧，你不用早起做饭，肉火烧还是肉包子？再要杯小米粥？我忽然又心情好起来，要不，早上起来我们溜达着去吃油条，喝豆腐脑？

行，好长时间没吃油条了，听说世纪学校门口有个卖油条的，是一对年轻小夫妻，卖的油条很好吃，都上了报纸。

我伸长脖子，让乐雨平的手更贴近我下颌底下的皮肤。他说，你看你享受的，像自家的小黑。小黑是儿子考上大学的那年抱回来的一只小狗，跟人要的，说是他去上学，就让这只小狗陪着我们，以防我们得老年痴呆。小黑今年十岁，已步入老年狗行列。

在这懒洋洋的气氛中，我的眼皮越来越沉，最后睡着在乐雨平的膝盖上。

似睡非睡间，想着车前子这种叶子长得像猪耳朵的草，路边、河边、房前屋后都处都有生长的野草，小时候常挖来喂猪喂羊喂兔子，叶基生呈莲座状，再普通不过的一种草和“莲座”相联起来，寓意是留下痕迹。

爬山虎

小院儿留下了很多美好的记忆，我们在这儿结婚，在这儿有了儿子，在这儿接待亲朋好友，在这儿养了小鸡小鸭小兔子小乌龟，让它们与儿子做伴。这里还有友善的邻居，还有窗前一棵已结果的葡萄树。当然也有不如意的地方，就是白天进屋要开灯，家具、衣物，动不动就长毛，墙上不用挂画，那些发霉的小东西，就会自动给装饰了，打眼看去，怪好看的哩，乐雨平说，那是些意象画，你想看到什么就会有什么，甚至看得到梦想和追求。我说，我咋没看出来？他说只可意会不可言传，嘿嘿。再细看，果然有山有水有花有草有人，呵呵呵。冬天每一次洗澡就像一次打仗，害怕儿子会害上感冒，会发烧。对了，还有厕所。小院外有公共厕所，有一次去了趟厕所，回来发现房门让风锁上了，感觉自己好似傻了一样。眼睛贴在玻璃窗上，看着五个月大的儿子，躺在沙发上，小身子左摇右摆，眼看着滚到沙发边，差一点就掉地上，却没办法，钥匙就在茶几上，明晃晃的。我跑出小院，感觉到周围的寂静，没有一个人。儿子开始哭起来，我又跑回去，轻轻敲着玻璃窗，告诉他没事，妈妈在这里。后邻的韩老太（我在另一篇文稿里专门介绍了她）听到儿子哭声，过来看看，我让她在这帮着看着孩子，隔着窗子同孩子说着话，甭管听到听不到，制造出点声音就好，我跑着去乐雨平单位找他，拿钥匙开门。从这以后，再上厕所，都带着儿子。花十元钱买了辆竹制小孩推车，把他放在里面，倒也方便。

在我们结婚第四年的时候，我们搬了新家。

这是我们当地政府响应国家号召，第一次实行房改房。在这之前，乐雨平已多次跟我提起过单位准备盖新房的事，商量着要还是不要，要的话先交一万八千块钱报名。我一听，打了个哆嗦，我的天，这可要攒多少年能攒出来，我说你一个月发不到三百块钱，我一个月发二十块钱。这里解释一下，我的单位原来规定女职工休产假期间每个月发四十元生活费，可休产假两年，那是单位效益好的时候，要实行房改房了，单位效益大不如以前，产假期间每月给生活费二十元。以我们现在的工资，十年不吃不喝能攒出一万八千块钱。

这房改的事摊到谁家也是大事，由住公房忽然一下子变成由个人花钱买的私家房，很多人接受不了，尤其是些老干部，住了一辈子的公家房，老了老了竟然自己掏腰包买房子，攒一辈子的钱也买不起房子，不买不买，拿不出这个钱，就是有钱也不买，还没见过这样的。大多数老干部决定不买房，住着现在的就很好。

过了不到两年，当房改房分钥匙到户的时候，没要房的老干部后悔了，拿着钱要买，可惜房子都有了户主。他们还想着捡个便宜，万一有拿不起钱不要的呢？像乐雨平这样的年轻人，家是农村的，大学毕业刚参加工作不久，积蓄是没有的。有些人直接说，连乐雨平都要了，难道我们还不如乐雨平？这是第二次交买房差额款的时候发生的事，乐雨平说给我听，我笑了，这次他们失了眼力，小瞧了我家乐雨平。

如果没有这次房改房的机会，我们也同大多数人一样，安于现状，待在小院，心满意足。新楼房给了我们向往，一间阳光明媚的书房，一个能用的洗手间，不用烧煤做饭的厨房，窗外布满了绿色的爬山虎，站在阳台上能看到仓圣公园，小区门口西边是小学，东边是菜市场，多理想的住处。我要买我要买我要买，重要的事说三遍。我对乐雨平说，你单位办公室和办公人员都一块儿搬走，失了这次买房机会，来回上下班不方便不说，万一现在住的地方单位拆了卖了收回了，没地方住咋办？乐雨平不愿意要，借下那么多钱，啥时候能还完？我说新房子多好，做饭不用出屋，不用生炉子，不用担心煤气中毒，上厕所有抽水马桶，洗澡有热水，冬天有暖气，多好，就为了洗澡和上厕所方便，也要住新房子。没钱不要紧，先住着，再赚钱还账。

说起来，冬天每次洗澡，都是一把辛酸泪，好像开始一个大工程，乐雨平先在屋子当中挂起一个浴罩，浴罩是一个很大的塑料薄膜做成的，有一人半高，中间直径有两米，把大塑料澡盆罩在里面，把事先在炉子上烧热的水倒在盆里，水蒸气把浴罩慢慢撑起来，像一个粉红色的小房子。乐雨平掀开浴罩，猫着腰，出来进去几次，把水温调好，毛巾、香皂、洗发膏放好，我和儿子这才进去洗。儿子坐下起来，玩水玩得兴奋起来，按不到水盆里，水流淌在地上，渗到炉灰里，成黑污的泥。其间乐雨平还要往里往外倒水几次，不小心皮肤碰到浴罩，冷得立时起鸡皮疙瘩。从浴罩里出来，抱着儿子，赶紧跑到被窝里，乐雨平早早插好电热毯热着，用被子裹紧身子，打着哆嗦，牙齿嘚嘚嘚响，真冷，冻煞个人。没办法，家里没有空调，没有暖气，乐雨平把炉子烧得旺旺的，炉膛里发出刮大风“哄哄”的声音，炉子盖发出红光，像是熔化了一般。我们娘俩在被窝里躺好，留下的一团糟乱又是乐雨平收拾。

想当初买新房时，我和乐雨平纠结，和乐雨平吵架，要房还是不要，两人扔硬币、包袱剪刀锤都难以选择，那就需要家人的帮助。

乐雨平家的人说不买，不能买，也买不起，就是砸锅卖铁也拿不出那么多钱。确实，一个农家院里冒出两个大学生，已经是家里的人勒紧腰带供出来的，哪里还有钱买房子。

又去我家，母亲一听，当即拍板，国家提倡的跟着做准没有错，又问你们单位领导要了吗？乐雨平说领导肯定是都要的。你确定？确定。那还犹豫啥？赶紧地淘换钱去吧。

“淘换”一词是我们这儿的方言，借钱借物，不说“借”，说“淘换”，有淘才有换，“淘”是去寻找有条件的人家，“换”呢？用人情？用面子？大多是用平时积累下的交情，和让人信得过的人品。比如去姥姥家淘换钱，那是托了母亲的面子，是有母亲的信用在那里摆着，借出的钱肯定能收回去，肯定不会肉包子打狗。母亲底气很足地对小妹说，你见到你舅舅妗子们就说，俺娘说的，不管怎样，甭管谁家拿多少钱，哪怕是抢银行也要给凑够五千块钱，比春天的柳絮还张扬霸气。果然小妹和乐雨平去我姥姥家拿回来了五千块钱。我有六个舅舅，母亲是他们的大姐，姥爷去世得早，姥姥身体不好，母亲很早就学着当家，为她的兄弟们做了不少事，我的舅舅和妗子们都很尊敬她。

淘换钱的时候，我们曾去过母亲的一个老同学家。想着他们家孩子小，他们夫妻两人单位效益又好，常对同学们显摆，他们单位发多少奖金，发多少劳保，发多少福利，就是肥皂、洗衣粉、面粉、鸡蛋、豆油之类的生活用品不用自己花钱买，全是单位发放。这些年他们家又没有什么花钱的事，就是说没有盖房娶媳妇这样的事。这是个能淘换到钱的人家，于是一天吃了晚饭，我们陪着母亲提了几斤橘子去了他家。东聊西聊，还没说到借钱的事，从外面进来一个中年妇女，来人一进门就说我来还你家的钱了，看到我们在，她不好意思低头去了里间，女主人跟着进去，听到那女人大着嗓子，两千块钱，你数数，少了我可不管了。母亲知道他们家是男人说了算，趁此机会，委婉地提了提，孩子单位房改，这不是还差着些钱。男人接着说，是啊是啊，我家孩子姨前两天刚来拿了三千块，手头不紧的话，说什么也给孩子用上些，买房子是一辈子的大事。

几十年的交往，出了他家门的时候，我想母亲心里那份友情如烟花一样瞬间泯灭了吧，母亲还不甘心，哪怕是人家还他家的钱，先借给咱用用也行，两千嫌多一千也行，哪怕给五百块也好，别让我们空着手出门呀，太不应该了。有人去咱家借钱，开了次口，我可是从来没让人空着手走的。又说，他这样对人太不应该了。我说，人家又不欠我们的，借钱给我们是情分，不借也应该。母亲很没面子，从此不再提这事。很多年后，再次听说这事，是母亲说的，她听另一个同学说，我们去过他家的那个同学，到处对别的同学说我们去他家借钱的事。我一笑，让他说吧，又能怎么样着我们呢？可心里还是膈应得上。这是我们错估了淘换对象的后果，蝴蝶的五彩翅膀微微抖动了几下，二十几年过去，余波还在，也是让人很无语。

以后，再买房子，我们就贷款，宁愿欠银行的钱，做房奴，还利息，也不愿欠人情。

当时打听到城里不好借钱，好多个单位都开始集资盖房改房，同龄的同学朋友大多都在筹钱的路上。

真有个借了五百块钱给的。我去一个发小家，借了一千五，去拿的时候给了五百。拿着这五百块钱心里不知是什么滋味。

她答应给一千五的，我说。

乐雨平看我不高兴，就说五百也比没有好。

我还是说，她答应了的事，咋就不按答应的做呢？我不是说钱多钱少，我是说这件事。

乐雨平说人家有这样的想法也正常，连我都觉得还账的路好漫长。别较真了，再想别的办法。

乐雨平在外地工作的哥哥借给了些，他的姐姐们和父母有卖猪的有卖粮的，有出去借的，好歹也给凑了一部分。

房子分两次交的款，分房的时候单位又给了个机会，原本是论资排辈的，论资排辈怎么算？单位定的是分数，工龄、职称、职务、学历等，能用分计算的都算。上学的时候天天是“分分分，学生的命根”，这分房子分数也是命根，分数高者优先选房，像乐雨平这样年轻没有级别，没有职称，总分排名基本在最后的，想先选房的话，可以拿钱买分，五百块钱可以买一分，多一分就多一次先选房的机会，乐雨平的同事们拿着钱在会计室等着，时刻准备买分。

乐雨平回家商量，咱家买分不？

我很坚定地说，不买。

母亲说凑够集资的钱已经很不容易，买分？不去折腾了，咱买，人家不会也买？不去做让人嫌弃的事。本来不是倒数第一也认这个倒数第一。

果然是倒数第一。

很好，分的房子很好，所有的人都选去，留下的就是我们的，楼顶西户，好在楼不高，就三层，西户光线好，一进去明亮的晃眼，站在前阳台，看得很远，对面公园里的假山、摩天轮，甚至湖里的游船，都看得见。房子已简装，我们直接搬进去住，改动的地方就是乐雨平自己用水泥和砖垒了个灶台，又借了木工工具，自己打了个角橱，放儿子乱七八糟的玩具，把梳妆台改成小饭桌。夜里能听到厨房里小冰箱的嗡嗡声，夏天房子里热得睡不着觉，就往地板上多洒些水。屋里晚上也不黑，除去月光，还有路灯照进窗户。搬家的时候我们没忘了小院里的葡萄树，把它移栽到储藏室门前，又过活了近二十年，有一年创卫生城，才给挖走清除了，也算是棵长寿的葡萄树。

搬过来不久，因喜欢爬山虎，我就在楼西山墙边种了三棵爬山虎。我没有忘记当年离开学校时，老师对我说参加工作后照常学习，照常拿文凭，儿子两岁的时候，我对乐雨平说我得学点什么，不知学什么好。乐雨平陪着我去工会夜校，看张贴在广告栏里的通知。以我的条件只能学成人教育，结婚前我学过汉语言文学，及格了两门就放弃了，每次到外县市考试，对我这个路盲来说是让我很害怕的一件事，但写作的热情却没有放下，一直坚持着。写作只是业余爱好，让我火烧火燎夜里想起来睡不着，是先学一技之长，提升赚钱生活的能力。乐雨平说学会计吧，会计这个工作还是很适合女人干的，又干净又不累。去参加全国成人考试，乐雨平抱着儿子陪着我，全家人拖家带口一块儿去，他们父子俩在教室外等着，我在教室里面答题。乐雨平借了成人高考的书给我，看不懂的地方，他给我当老师，有时间就哄着孩子让我看书学习。报名、报名费、考试用的笔这些都是他帮着弄的，甚至铅笔都给我削了三支，我只管负责考试。这个时候他还找了个兼职，在夜校当老师教管理课。我考上了夜大，学习会计专业，三年的时间，每星期三个晚上上课，乐雨平带孩子，有时去学校接我，同学们见了我家儿子，都不相信我竟然有这么大的儿子了，我很自豪也很嘚瑟，是我儿子。

会计是我谋生的一项技能，写作是我的爱好，我分得很清楚，后来我又变换了好几种工作，但爱好一直没有变，像那爬山虎一样的追逐一个执念。

爬山虎伸着吸盘一样的小脚，不紧不慢地爬着，沿着窗外的暖气管道，它们爬呀爬，爬上一楼，爬上一楼的窗子，人家扯断了几根，用不了几天就蔫透了，让人看着心疼，若我说没事别跑到人家家里，爬山虎要是听得懂大概不会再爬过去了吧。

我接送儿子上下学，学会了记账，学会了电脑打字，学会了开车，也学会了骑三轮车。我去公园打工，去卖雪糕，去卖保健品，往报社投寄稿件……我和乐雨平像爬山虎一样，不紧不慢地生活着。

很快，楼下邻居开始嫌弃爬山虎撞到他家的窗子，引了些蚊子，引了些蛾子，蚊子和蛾子又引了些壁虎，然后他就不愿意了，谁种的爬山虎，很讨厌人地，都爬窗子上。这嫌弃的人已去世，老伴跟着孩子去了外地，我们也搬家走了。搬家后肯定不会再有人知道那爬山虎是谁种的，为什么种的，是怎样种的。家属院的人也许有人看到那爬山虎，爬满三层楼的山墙，希望像我一样，也会喜欢着这绿色的爬藤。或者一个孩子认为这是他理想的房子，这是童话中的房子，被绿藤围绕着，打开窗子，爬山虎能亲到额头，开开门，爬山虎的叶子就在手边，多么浪漫唯美。

一间阳光明媚的书房，一个能用的洗手间，不用烧煤做饭的厨房，窗外有爬山虎的绿藤，这是我理想的住处。在这里住了十五年，又一次搬走。就像放弃第一个小院，也放弃了这个有爬山虎的地方。我写作的爱好依然挥之不动，如爬山虎那般坚持。

发财树

难得遇到国庆节与中秋节是同一天的情形。双节休了几天班，上班前一天，方梅打电话说晚上聚聚吃个饭，我立马答应说好啊。打电话问乐雨平，他也说行，但是让我先去，说他妈住了院，正在打针。怎么了？头晕。谁和她在哪里？需不需要我过去？乐雨平说是老毛病，他妹陪着的，叫我别担心。

我骑自行车去了饭店，同学四家来了三家。我们四个女同学是一块儿参加工作的，感情是经过三十多年时间考验的，各自的孩儿都是独生子女，各自的丈夫也成了老朋友，各自的孩儿互相认了干亲，现在各自的孩儿远走高飞，各奔前程，说好听点，那是孩儿们优秀，我们几个老家伙按现在流行说法叫空巢老人，开玩笑说不能空着空着空成抑郁，于是我们相约，过段时间大家伙聚聚，坐一块儿唠唠嗑，放松放松心情，没想到这次的话题竟然扯到各家“发财致富”上。

我一进门，众人七嘴八舌问乐雨平咋没来，我说乐雨平有点事晚点来，咱们先开始着。什么事？一瞬间，我不想多说，虚荣心作怪，怕别人说我还有乐雨平不孝顺，看，婆婆在医院，他们还在饭店吃喝。就像胃发酸，莫名一股恼意涌上来，我说我婆婆在打清血针，每年都打，乐雨平妹妹陪着她。然后拿了小碗去弄调料。

不长时间，乐雨平过来，调料自己去拿，暗暗懊恼没给他早准备好，心里愧疚，往常遇到弄调料的事，大多是乐雨平一块儿给我备好，惯得自己好像不会体贴人，这次没给乐雨平准备调料，确实不妥，跟着出去拿调料，走出房间，绕回廊走到大厅放调料的地方，靠墙边花木格的窄木条几上，摆着一溜荷花形瓷盆，分别盛着酱油、醋、蒜泥、韭花酱、过油红辣椒、碎花生米、细末香菜葱花，还有喷香黏稠的麻汁更是吃火锅少不了的调料。乐雨平拿了小碗用小勺放着麻汁、韭花酱、碎花生米。他走一步我跟一步，小声问你妈没事吧？没什么，没事，打两天针就好了。那就行。

我看到春玉也来拿调料，走起路来看着有些不便，右腿不打弯，拖拉着走，就问，你腿咋啦？她说没什么事，就是不小心拉伤筋，已经半月了，现在好多了。我们同她一块儿回吃饭的房间，众人看到她的腿，又问她的腿怎么了？她说拉伤了筋。

小甄说你的腿动了个小手术。敏敏说。

春玉拉着腿坐下，说别听他胡说，哪里动什么手术？没动，就是拉伤了筋。

看着面前碗大的火锅，里面的水即将沸腾，寻思着过会儿同乐雨平聊这事，春玉肯定在说谎，我相信小甄说的，谁会无故咒自个老婆的。我还说，春玉就是虚荣心太强。乐雨平会说，别说人家，我们也是一样。

火锅里的水翻花，我夹了几块羊肉放进去，其实我并不太喜欢吃羊肉。羊肉的膻味，让我想起小时候村里一群羊从门口路过，撒下一溜羊屎蛋子，空气里的膻味好几天冲鼻子，端碗喝口水都有羊膻味。

胡乱吃了四五分钟，开始喝酒聊天。

这个年龄的话题，大多是孩子，说起孩子就要说房子。

方梅家的孩子研究生毕业今年刚参加工作。他比我家孩子小一岁，我家孩子已参加工作五年。方梅说他考上了事业编，去了二百里远的外地，说是走高速路用一两个小时就到了，比去我们县最北边的羊口镇还近。羊口沿海，是离县城最远的一个乡镇。

那你家要在当地给他买房了？

方梅说，啊，啊。

房价跟我们这儿比怎么样？邱华是方梅的老公，他在房管局工作了三十多年，干多年办公室主任，他说现在我们这儿的房子一开盘就卖完了，人们像疯了一样抢购，他说一个小区刚开盘，他亲戚就找他买房子，他给开发商老板打电话问了问，老板说五十六套房报名买的一百七十六人，要排号，我也没法整啊。给亲戚说这事不好办，你还是自己排号买吧。

程乐说领导找我谈话了，免了我的职务。众人嘻嘻笑，反正是个副手，免了就免了吧。

程乐是敏敏的老公，他在交通局工作，当年中专毕业分到交通局，一直没有动过地方，级别是副科级，关于他的副科级，还有一个段子，据说他每天很早去上班，单位局长也是个勤快的人，三天两头比他去得还早，局长看他工作这么积极，说他这样的就应该提拔。局长是真勤快，他笑说自己是个冒牌货，他早早去办公室，是因为刚好孩子上学，吃完饭老婆送孩子上学走得早，饭后没什么事，他就去办公室，做做清洁工作提个水什么的，谁知道局长会注意到他。我们常笑他捡了个漏。

又说买房子的事，敏敏和程乐两口子杠上了，喝酒，她端起半杯红酒举了举，一扬脖子一口喝下去，还笑着说平时我是不喝，我要是喝，这点酒算什么？程乐在对面说，喝，再喝。敏敏倒了满杯红酒，满得看起来好像比杯沿都高出一些，她端起来一口喝了，厉害，大家鼓掌，程乐笑着说。

这么多年的交情，我竟不知道敏敏酒量这么大。她还嫌程乐喝得少，酒品不行，倒上，倒上喝。程乐就倒上喝，他也喝了不少红酒，拿着红酒当啤酒喝，一口一杯，看着就晕，真不知这两口子今晚是咋了。

小甄的酒量不咋地，一杯酒就红脸，他故意高声说房子、钱是啥？命是啥？不买就不买，不买还能吊死？说了他家买房的事，当年闺女毕业时当地的房子一平方七千元不到，这才几年的时间，涨到四万多一平方，当时在家都商量好了，身份证、户口本都拿去了，到了那里春玉就死活不买了，你说啥？说啥也没用了。

春玉用筷子夹着一根金针菇，左右摆动着，慢悠悠地说有钱还得有命花，多少有钱没命花的。

话是这么说，可现实呢？我们四个女同学都退休了，却没有一个在家闲着的，都找了份新工作，工资不高也补贴家用，没办法，每家都买房欠了一屁股债。

春玉又说起美容的事，出去旅游的事，她的观点是虱子多了不咬人，钱反正已欠下，早一天还晚一天还没啥两样，你们甭想不开，钱是啥？钱是狗屎，健康才是自己的，她说现在她报名上了老年大学学唱歌，还加入了中老年旗袍秀的队伍，穿上美美的衣服，好多人一块儿玩儿，心情好，还说计划每年出去旅游两三次，要不是特殊情况，早出去了。

方梅问春玉，你还做着美容吗？春玉说，做着啊，你们看我的脸，皱纹是不是很少？方梅说，嗯，不是很少，是没有。

我的对面坐着敏敏和程乐两口子，我说还记得当年想一块儿买沿街房的事吗？百货大楼那块盖沿街房，当年集资四万就买一套，我们两家想合伙买，还是程乐提出来的，可惜我们两家谁家也拿不出过万那么多钱，就是借也没地方借。

现在一套沿街房大概过百万了吧，只多不少，老邱说。

我还想起当年企业改制，还是改制组成员的乐雨平回家说，一家企业老板让他们和职工一样，可以入股，一块钱一股，最多入一千股，一千块钱真是不多，但我们甚至一百块钱也没有，放弃吧，后来该企业成了上市企业，每股到了五十多块钱，现在想想，也没有什么后悔的，还庆幸，若拿了人家的股份，谁知道后来会有什么后果。

后来搬新家，居住的小区与证券公司一墙之隔，每天门口自行车小轿车电动车停放得满满的，不得不在家属院门口两边按了栅栏，我也想炒股，赚个零花钱也行，乐雨平一边不主张我玩股票，说你这样的脑子玩不了这块，一边又惯着我，咬牙拿出了五千元，进了炒股的门，那股票看着赚钱，买了就不动，或者吃一支烟的时间，跌赔本了，看着一面墙大的屏，红红绿绿一片，自己又是个近视眼，一阵阵眼晕，拉倒吧，自己没有能力赚这个钱。有时我们几个同学聚聚的时候，方梅说她炒股的事，有一次还赚了两万，于是我又想试试，羡慕啊。接着听说单位有一个老同事，把准备给孩子买房首付的钱拿去买了股票，不到半月，全打了水漂，一听，赶紧不沾这个炒股的事了，没有财力，也没有强大的抗压能力，如同过山车一样，玩心跳，玩不了。乐雨平本来就不支持炒股这事，还是上班安安稳稳拿个工资就很好。

发财的梦还在做，家里有了一万块积蓄，我不知道什么时候乐雨平投资他的一个朋友，开酒店，连顿饭都没去吃过，酒店经营不好关闭了，投出的钱打了水漂，过了好长时间，乐雨平才告诉我这事，知道这事的时候，我也没说什么，只说，好可惜，好好的酒店咋就关了呢？钱还能要回来吗？乐雨平说，要不回来了，钱是咱自愿给的。

家里经济并不是那么富足，但我从没想着在“钱”上与乐雨平起争执，投资失败，他心里大概比我还心疼，我安慰他，权当我一年没上班，权当丢了，让人偷了，总之是破财免灾了。事情既然已经发生，再吵再闹又有什么用，还影响两人感情，干脆不做那傻事。

饭后我们约着一块儿去敏敏家喝茶，一进门看到她家客厅放着一棵发财树，棕红色的陶瓷花盆，栽着一棵小孩胳膊粗的发财树，齐胸高，叶子绿得像打了蜡，我过去摸了叶子，说发财树寓意好，我家里也有棵，稀罕得不行。

在单位上班的时候，曾被派出到蔬菜博览会帮忙，吃饭的地方在一个大棚里，里面种的全是发财树，餐桌让一棵棵发财树围绕着，几个同事约好坐一桌吃饭的，先说好在哪个方向，若不说，可能绕好几个地方，里面的发财树长得茂盛，一棵挨一棵，又高过人头顶，坐在桌旁，即便从旁边走，看不到也不惊奇，太多发财树挡着视线。

敏敏去了洗手间，程乐端着杯茶水走到我身边，轻声说，你劝劝你老同学，这几天她心情不好，为孩子在北京买房子的事发愁。

我说，行，一个样的事，刚还完自个儿的房贷，又愁为孩子买房的事。手一动，扯下了一片发财树叶子。

一直到回家，我手里还把玩着那片叶子。

一棵榆树和一棵柿子树

近些日子，我刚刚换了份工作，原是给一城中村编村志，断断续续两年多，工作总算已近尾声，村里又让留下，专门干文员的工作，接手之后才发现各种表格太多了，这工作太复杂，而且什么工作都通过电脑来上传下达，头大啊。乐雨平说，要么别答应，既然答应了，就好好干。先把电子版发我微信上，我给你做好，再发给你，回家后再教你怎么操作。

我笑了，有他支持就好办。

每天上下班从城中村路过，都会关注一下大街上的两棵树，相依相偎的它们，居然是一棵榆树，一棵柿子树。这两棵树是如何长在一起的？一块儿栽种的吗？为什么离那么近？它们长在这儿有多少年了？榆树高大粗壮，三层楼的房子挡不住它的身影，更奇妙的是，两树树干紧紧长在一起，大约到一人高的地方，榆树竟然向东北方斜着身子长了一段，接着又直立地长，长成一搂粗，好像有灵气一样，把柿子树保护在身前，确确地为其挡风遮雨。柿子树有碗口粗，长得又高又直。我曾问过在树下乘凉的几个老妇人，这两棵树咋栽得这么近？她们说哪是栽的啊！是自个长得，不对，先栽的柿子树，榆树是后来自个长得，大概有二十年了。

很是感叹大自然的神奇，回家对乐雨平说起这两棵树，我说假如我是那棵柿子树，乐雨平你就是那棵大榆树。他斜眼看了我一下，又编排。我又问，你说说把自己比喻成一棵树，你是什么树？他想了想说，无花果树。为什么？内秀吧，低调内敛，不张扬。我吐槽，呀——呀——呀，这叫不张扬。

我不得不承认他说得对，在学识工作生活技能上，他一直让我仰视，却从来不张扬，信奉“沉默也是金”。

想起当年学习电脑，面临着不学习很多工作就不会做的情况，被淘汰不是说着玩的。大约是 1994 年前后，他所在的单位购置了一台电脑，电脑自己一个办公室，享受着比单位一把手还好的待遇，为了保持不冷不热的恒温，房间二十四小时开着空调，配有专职管理员，一般工作人员不能进去，有几个特别喜欢电脑的人，进电脑室要换拖鞋，单位还专门为电脑买了一块红色绒布，不用的时候就罩起来，据说怕沾上灰尘、人带进细菌感染电脑中病毒。

乐雨平说他的几个同事平时就喜欢学习，一来电脑就黏糊上了，这些人都是业务骨干，能学习的人都会成骨干的。开始时电脑室看管人爽快地把钥匙给他们，一次两次进去还行，三次五次管理员就不乐意了，索性把钥匙要了回去。再想进去，那管理员不给钥匙，其中有一个性子不好的，与管理员发生口角，那人一生气，一脚把电脑室的门踹坏了。现在说起这事是笑话，当时因为这事，却让乐雨平下决心买电脑，买一台自己的，愿意咋摆弄就咋摆弄，谁也管不着。当时家里根本没有钱买电脑，去亲戚家借，也要买。这期间还有另一件事，让我也同意买电脑。当年我所在的企业效益不好，让别的企业兼并了，我成了下岗职工，不长时间，经别人介绍到一个复印部工作，以为可以用人家的电脑学习学习，起码学会打字也行，可惜，干了一年多，人家都没让摸摸键盘。

家里有了电脑后，乐雨平一得空就学，大约有半年的时间，上半夜他就没睡过觉，我吃电脑的醋，对乐雨平说，电脑是你媳妇？电脑比你媳妇还亲。

乐雨平也督促我学，那个时候还没有拼音输入法，学的是五笔输入法，一直到现在还用着。

乐雨平说，以后会电脑、会开车就是基本的生活技能，咱俩都要学。我说，我对机械动力这方面不感兴趣，摩托车都骑不了，再说就是学会了，没有车开，也白白浪费了。他说，先学会了再说，说不定等你学会了就有车开了。我说他是做梦娶媳妇——净想好事。他笑说，人有多大胆，地有多大产。

别说，这次又让他说对了。

他的一个同事想学车，让乐雨平陪着。家里是拿不出报名费的，那同事很仗义，先给垫付上，乐雨平像不少城里人一样，甭管有车没车，先学会了开车。

家里买汽车前先买了辆二手摩托车，乐雨平让我学，在父母任教的学校操场上指导着我。一个表妹也在，她胆子大，腿一偏，怎样加油门，怎样踩刹车，看上去很简单，骑上就走，很快就学会了。我也有样学样，上去一踩油门，摩托车像同我有仇一样，“轰”的一声跑出去，没有一分钟，一下子歪倒，从此不敢骑摩托车。

眼看着周围的人都会开车，学吧，咬着牙硬着头皮考了驾照。我学车的时候，乐雨平偶尔开着一辆朋友的旧桑塔纳去接送，声音响起来让人以为是一辆拖拉机。

考下驾照后过了两年，我们买下了朋友的那辆桑塔纳，开着去这里去那里，很方便，走娘家走婆家，过年走亲戚，不再像以前那样大包小包挂在自行车把上，手里拎着，后座上挂着。

乐雨平还说，咱们不能天天这样上班下班，一眼看到三十年后，怎么也学点东西。这个时候他已经自学了一些法律知识，还考取了经济师。现在他决定学习考在职研究生，只是没钱交学杂费。我说不用计较这事，先借借解决吧。一学两年，平时在家函授，节假日去面授。毕业时我们全家人去参加他的典礼，一家人同穿着蓝色硕士服戴着硕士帽的他照了相，我和儿子为他感到自豪。

有一次与一位同事因公事去一企业，分管负责人没在，我们站在院里等。这家企业正在建新厂房，闲着也是闲着，看着墙角边的草，问同事，知道这是什么草吗？他说认识。知道它的名字吗？他说认识就行，没必要知道名字。

我又指着其他的几种花草，他说都认识，反正就是些草，回家拔草，父母说去拔地里的草，还说草名啊？这草是从小就知道。我也来劲了，从小就知道，就不问问什么名字？他说见到草拔了就是，知道不知道这草的名字有什么关系呢？就是知道它们的名字又有什么用？这句话问得我一时什么话也回答不出来。

是啊，认识这些草，知道它们的名字有什么用？

只知道，从小跟着父亲去地里拔草，喂猪喂兔子，父亲告诉我这是毛莠子草，这是老牛涎，这是蹲倒驴。

我说，走在路上，孩子问你这树是什么树？这花是什么花？你怎么回答？说不知道？

他说，树长得茂盛就行，管他别的干什么？术业有专攻，不用什么都去学，什么都知道，没有那时间。打个比喻，如开车，会开就行，管车是什么原理、发动机怎么样干啥？人不可能什么都懂得。

司机师傅说，按你的说法，知识渊博的都没有用了？

同事有点急，话不能这么说，知识渊博也分什么行业渊博。

我说，你是大学生，又是从农村出来的，很常见的草名不知道，觉得有些不可思议。

他说，从小上学，一直到高中，基本都是在学校里，母亲偶尔去看一下，就像探监一样，不让进学校，隔着栅栏把东西递进去，说不了几句话。一个月休一天半假，回村里，也没地方玩，也没人陪你玩，回家住一晚上，父母忙得不见人。对父母的期望，就是回家要钱交学杂费别难为着就行。至于说教你什么东西，别指望。我们这一代人，八〇后，正好是改革开放时期，家里、周围的人都忙着赚钱，在学校里几乎封闭式教育，学的知识，日常生活又用不到，社会上的事情又难以接触，一参加工作，才知道，自己就是个书呆子。

他还说，让母亲拔棵苦菜吃，挖点荠菜吃。他奶奶说他烧包，说有正经的菜，有鱼有肉的不吃，偏偏去吃苦菜子，苦菜是谁吃的？是那些很穷，穷得吃不上饭的人吃的，现在这么好的饭吃着，咱可不烧包啊！大白饽饽，一桌子菜，快吃，给孙子往碗里夹。他说野菜很有营养，对身体好。他母亲说对身体再好，能好过鱼？好过肉？啊？咱不吃那个。

没话说的还是我。

由此想起乐雨平，为什么结婚三十年来，我一直爱慕着他，仿佛仍如初见时那样仰视他，虽然他的个子不高，是他不断学习，不断提升自己的行为，成为我的榜样，也是我心底的依托。在家里，不说水电暖他都懂，就连手机各种功能，家电怎么使用，都是他先看说明书搞明白了再教我，连骑三轮车也是他教会我的。

在单位，他工作是样样拿得起，全县有多少家企业，企业经营什么业务，年收入是多少等等，他大多都知道，不用看材料，记在脑子里。

多年来我为什么换了好几份工作，好多工作都可以接，因为有他在宠着我，做着我的后盾。比如说我第一次干会计工作，损益表差一分钱平不了账，怎么样也找不出哪里出了错，同他一说，他拿出计算器逐笔查看，很快就找出来了。

第一次接写大材料的任务，关于全县企业如何节能减排，对这些情况自己根本不了解，也是他帮我找材料，拟写大纲，教我怎么写公文。等我写出草稿，他又逐字逐句帮着修改。那次非常圆满地完成了任务。有时写篇文学稿子，写着写着卡壳了，怎么办？有综合人才万能钥匙乐雨平，央着他快说说怎么往下写，然后他就给提建议，换个角度又写下去了。

写到这里，我又想起那棵榆树和那棵柿子树，想起舒婷的诗《致橡树》：我如果爱你——……我必须是你近旁的一株木棉，作为树的形象和你站在一起。根，紧握在地下；叶，相触在云里。……我们分担寒潮、风雷、霹雳；我们共享雾霭、流岚、虹霓。仿佛永远分离，却又终身相依。

饽饽酒是一种植物

饽饽酒，不喝不喝又一口。

在酒桌上，看到那些经不住他人劝，尤其那些原本就爱喝两口的人，就想起这句俗话。更有些嗜酒者，如一个女友的老公，有一次我们几家聚在一块儿，好像是他们家孩子过生日，刚坐下，菜还没上，就着桌上的小咸菜他能喝醉。外人常笑他也是个人物。为喝酒，两口子没少吵架，女友把他买回家的酒倒入下水道，他照喝不误，家里不让喝，去外面喝，明着不让喝，偷着喝，去超市买瓶二锅头，边走边喝。有一次他喝多了酒，同他一块儿喝酒的人把他丢在医院门口，自行车也没有了，手机也不知丢哪儿了，倒在地上，磕得一脸血，人事不省，还是医院打电话给他家里人才知道的。住了半月医院，那些酒友没一个去看望的，出院憋了不到两个月，又偷着喝上了。家人问他和他一起喝酒的有谁，找算找算那些人，喝酒就喝酒吧，小酌怡情，干吗非把人灌醉不行？女友恨恨地说，灌人酒的人不是个东西，没有人心眼。她老公在一旁嘟哝，人家没有捏着鼻子灌，都是自己喝进去的，不怨人。简直叫你气煞，女友拍打着胸口，犯心脏病了。到底，她老公也没说同什么人在一块儿喝酒喝进医院的。他不喝酒的时候，很好的一个人，脾气好又能干，家务活全包，一喝了酒，就换了个人。每次看到他，我就想起饽饽酒，想起当地人们常说的那句俗语。

饽饽酒，是小时候在田地里很常见的一种野花，有着细长挺直的茎，茎的顶部开一圈花，花朵长筒状，形似小喇叭，花内面黄紫色，外面紫红色，上面长满了柔毛，饽饽酒的叶毛茸茸的，花也毛茸茸的，摘下一朵，根部像吸管一样，放在嘴里吮吸，那种米酒一样的醇香味道，让小伙们着迷，一边割草，一边嘴里叼着一朵饽饽酒，吮得没有味道，再换一朵。不记得谁告之这些的，好像在田间庄稼地大自然的花花草草间长大的孩子，天生就懂得这些。饽饽酒，这名字真好，也有饽饽也有酒，饽饽就是白面馒头，谁不喜欢，很多年后我才知道这种被我们称为饽饽酒的植物是多年生草本植物，地下根茎是传统的中药草地黄。

没有酒量、不喜喝酒的乐雨平，有时也是“饽饽酒饽饽酒，不喝不喝又一口”。

二十世纪九十年代是热闹喧嚣的，BB 机在乐雨平的腰间很时髦地挂着，被我呼得“嘀嘀”响，他拿回家的明星挂历，上面的美女都很好看，因我不喜欢，转手给送人了，炒股的成股疯，下海经商是潮流，计划经济向市场经济转型，国营企业变为私有股份公司。乐雨平参与多家企业改制，回家说，有厂长说允许改制工作人员有股份，咱要不要买？可惜家里没有钱买。

很快有了新名词，下岗职工。

生活处处充满戏剧性，我们正讨论着别人的下岗，谁会想到有一天，我也会下岗。离开了赖以生活多年的工作岗位，有辛酸有无奈，也有机遇，也有挑战。路遥在《平凡的世界》中写道：“其实我们每个人的生活都是一个世界，即使最平凡的人，也要为他生活的那个世界而奋斗。”下岗的职工为了生活，那是八仙过海，各显其能。如雨后春笋般，几乎一夜间各种路边摊点冒了出来，个体老板成了流行词。

在我摆地摊赶夜市骑着三轮车带着儿子满大街卖雪糕的时候，乐雨平中午晚上常常在外面吃饭、喝酒、去歌舞厅唱歌。

我的口琴收起来了，我养的花开得乱七八糟，捧一本书端一杯茶欣赏一只猫上墙爬屋，仿佛久远的随风飘去。

开始我还能忍耐，他喝得脸红脖子粗，一身酒气回家，我会给他倒上水，削个梨，好生照顾着，就像他说的，人在江湖漂，哪能不挨刀。可我越来越难以忍受他隔三岔五喝得醉醺醺的样子，我们开始争执，开始吵架，他说我不理解他，如果没有饭局，就将面临淘汰出局，一个人，生活在这个社会，要想不断扩延自己的社交圈层，酒桌就是一个最好的平台，喝酒就是一个最好的手段。他说他喝酒是为了老婆孩子为了这个家，我骂他混账王八蛋，只顾自己吃喝玩乐，不管老婆孩子。可看到他吐得那个难受样，满脸满身红彤彤，睡梦中喘着粗气，心跳得像是刚跑完百米赛，我就睡不着觉，过一会儿摸摸他，探查一下他的脉搏，他的鼻息。街上有汽车奔驰而过，灯光透过有竹子图案的窗帘落在屋里，闪着诡异的光。这大半夜的，人们都匆匆往家赶。

我跟婆婆讲乐雨平喝酒这事，她老人家慢悠悠地说，都是一个样的，你爸爸也是喜欢召集些人喝酒，年轻的时候，孩子们小，常年吃了上顿没下顿，过年过节才包顿水饺，还不够你爸爸领人来吃的。有一次你爸爸过生日，我和你姐姐们在家收拾白菜馅子包水饺，和的面还是带颜色的，就是白面掺上黑地瓜干面，刚刚包完，你爸爸领着人进门了。水饺全端给他们吃，我很后悔，咋就一个也没给孩子们留下呢，这事我在心里记一辈子。乐雨平在旁边说，我记得我庆元大叔还说了句给孩子们留点。婆婆又说，这喝酒也有个好处，就是交往人，那年乐雨平生病住院，几块钱的医药费都没有，借都没地方借，幸亏你爸爸认识一个在银行上班的人，给办了贷款，贷了五块钱。

我无语，男人喝酒是结交人，那女人不喝酒就不能结交人？婆婆说，女人总是结交的人少。

除了担心他的身体，我还担心他酒后误事，担心他招惹女人，即便他洁身自好，常在河边走，也不能保证不湿鞋。我可不想“忽见陌头杨柳色，悔教夫婿觅封侯”。时不时地查他的岗，晚上十点半以前不回家，我就打电话找他，“卡拉OK”歌舞厅里刺耳的声音透过话筒传过来，“轰咔”“轰咔”让人闹心。还不回家？我被逼成“河东狮吼”。太吵，听不清，我出去外面给你打电话。再接到他的电话，听着不那么吵了，老婆，一会儿回，你和儿子先睡啊，过会儿我装着喝多了偷偷溜走算了，反正咱也不是什么重要人物。

有人说：“一串葡萄是美丽、静止与纯洁的，但它只是水果而已；一旦压榨后，它就变成了一种动物，因为它变成酒以后，就有了生命。”盛在透明高脚玻璃杯中的葡萄酒，散发着神秘的色彩，包含着鲜活，诱惑着人品尝。

就连我这样的人竟然也喝醉过一次。那次在一个亲戚家吃饭，人家倒了红酒让喝，第一次喝，喝着怪好喝的，不知道红酒后劲大，也会醉人。坐在饭桌上的时候还没什么感觉，站起来一晃，头晕，反胃，脑子还清醒，知道赶紧回宿舍。吐得昏天昏地，可记住那难受的样子，从此再不敢喝多酒，无论什么人劝，不喝就是不喝，恼了也罢笑了也罢。

乐雨平曾大醉两次，一次说是为招商引资的事。

同事扶他回家，东倒西歪，还会咧着嘴傻笑，我没醉，不用扶，没事。

那次让他吓得半死，浑身软得像没有骨头，连洗手间都去不了，同事帮着半扶半抱把他送到床上，人家就走了。乐雨平在床上吐，我拿了脸盆接着，吐了红的吐黄的，看着好像是吐血了，这时候脑子里净想些不好的事，听人说的那些喝酒喝得胃出血、酒精中毒之类的传言都冒出来，越看着他舌头发硬，说话打结，头脑不清醒，越担心，赶紧打电话让相熟的同事过来，若不行就送医院。同事很好，已是晚上十一点多还过来看了看，说乐雨平吐的不像是血，好像是吃的西瓜西红柿之类的东西，先不用急着送他去医院，再等等看看，多让他喝些水。喂他喝水，吐出来，再喝水，接着吐，吐得胃里没东西吐了，看着他不那么难受，那人才回去。

第二天乐雨平醒酒，我说他，你说咱不图名不图利的，干吗把自己喝成那样？

他说他在外地经商的一个同学回老家，他想着单位有个招商引资的任务，看能不能让老同学在家乡做个什么投资项目，顺便解决他的任务。当着好多人面，他同学说喝两杯酒什么问题都帮着他解决，大家都举起杯来，你不喝你就是煞风景，不喝就是不给人家面子。他就喝了，真喝了两杯，喝得断片了。唉！真是个实在孩子，他是舍命陪君子，他的那个同学却是“黄鹤一去不复返，白云千载空悠悠”。两人再没有联系。

第二次喝醉酒是他参加初中毕业四十年同学聚会。被同学送回来，烂醉如泥，我很生气，在电话里朝着他一块儿去的一个同学发了一通脾气，人家一句话“都是他自己愿意喝的，我一个劲地劝他少喝点，他不听”，怼得我再没话说，后来见了面还跟人家道歉。问他为什么参加个同学聚会竟然喝醉？我是搞不明白。他说喝着喝着喝高兴了喝激动了，何况同学们起哄：“感情深，一口闷；感情浅，舔一舔；感情厚，喝不够；感情薄，喝不着；感情铁，喝出血。”话说到这份儿上，哪怕是一杯剧毒的农药，你也得把它吞下去。我说他傻，喝多酒更傻，喝醉酒是傻得没边。他嘿嘿笑，浊酒一杯喜相逢，古今多少事，都付笑谈中！这是明代文学家杨慎创作的一首词中的一句，你们不喝酒的是不懂这境界的。

乐雨平很长时间没有喝醉酒了。同学在一块儿聚会，很少有人劝酒，这个年纪了，得悠着点，不是年轻的时候了。

人到中年，不想再奔命，不想再折腾，变得越来越淡然，就像饽饽酒那样，萌芽、长大、开放，安详而从容。

灯笼树干上冒了芽

2018年8月19日

这天是星期天，感觉我和乐雨平好长时间没有一块儿出去走走了，下午趁着阴天没太阳，下了雨，天气比较凉爽，去弥河边逛逛，听说弥河来水了。我还说，不知哪里下了大雨，这么凉快。也是立秋了，一场秋雨一场寒，我们这里也下了雨，没感觉到多么大，很多年很多年，记忆里就是小时候见过下大雨，从那以后，就是年年旱，每年到了雨季，“快下点雨吧”几乎成了口头禅。出了我们的小区，向东过一条马路，就是商务小区，商务小区紧邻着弥河。路上，看到好看的花，掏出手机拍，看到好看的草，拍。一棵灯笼树树干上冒了芽，一拃长，顶部淡绿，根部淡紫，离地半人高，斜向上长着，小剑形的叶片上带着雨珠，拍拍拍。小池里，芙蕖开着花，玉一样的花瓣开在明镜一样的清水上，岸边的垂柳，三两根枝条穿过枫树的叶子，摇摆在水面上，脚边的草坪上布着大大小小的石头，石头是一页页的如纸片一样叠成的，弥河岸边，成片的玉簪花，在树丛中，开得望不到边，被雨水淋了，叶和花，透亮水滑，如翡如翠，很想掐下一枝来簪在发间。

沿着木板走廊，来到弥河公园，大象一家三口，站在水边嬉戏。

一辆面包车停在一旁，也不知是怎么进来的，这里平时不让进车，自行车都不行，车里有奶奶，有妈妈，有妹妹，开着车窗，望着外面的一个小小子，正在玩轮滑。拍，我说，拍个小朋友从远处迎面滑过来的镜头，背景是绿树间有两个帆形的白色遮阳亭，三两张供人休息的躺椅，冲过水洼激起的水花，孩子像飞起来一样，起个名字叫飞翔，这张片子说不定能获奖。也拍了弥河，水轻缓地流着，有人在岸边钓鱼，拍了他的钓竿，与一座小桥相映成趣，拍了落在木廊上的浅黄色树叶，如一个个小手指印，让雨水贴在黑绿的木板上。然后发朋友圈，写上“叶是张扬的，果是害羞的，花是花呗，细雨中的小路，是雨水漫步，婚路三十年，真不远”。天不好，空中飘来了一块黑色的云，带着灰白色的边，像一条巨大比目鱼游过来，赶紧往回走，还没走到北门，雨点开始密急起来，赶紧跑，我说跑到一个地方先避避雨吧，乐雨平说，下个不停怎么办？我说不会的，夏天的雨都是阵雨。他说，你还想着你怀孕的时候，很喜欢在雨中散步。我说那个时候雨小，赶紧跑吧，一个放自行车的棚子，刚刚跑进去，雨大起来，落在棚顶上，像无数人在击鼓，对面说话都听不清。有两个老人，还有一个骑电动车的母子也躲了进来，时间不长，雨小了，我们才回家，关闭了门窗，吃了饭，还看了场电影，北野武的《菊次郎的夏天》，还没看完，厂里值班人员打电话来说，厂里车间进水了。我们才反应过来，有点疑惑，雨下得真那么大？我们看得投入，甚至没有注意到外面正在下雨，还下得很大。（过后我们才知道，这天晚上下了通知，上游三个水库泄洪）晚上十点多了，去厂里看看吧，不看看不放心，后悔平时没有放防水东西，比如沙袋之类的防水材料。

开车到小区东门，一看，整条路上全是水，公路上的车冲起一股股浪，溢到小区门口，更感觉水深，有人在水里推车，水到了膝盖以下，门口有熄火的车，旁边一个人说，不能出去了，水太深了，你看那车，一头扎进去，趴窝了。那是辆往小区开的车，车轮小，底盘低，乐雨平说，咱这车稍高点，没事。那人说，非要出去，就直着开出去，然后到了路中间再拐弯，中间高。问南门北门不知怎么样，或许走北门好点。那人说，他刚从北门南门转过来，那里水更深，数着东门水浅。看到路上有车在跑，就说，试试吧，不行再说。慢点开，曾从网上看了公安发的一个视频，车入水的试验，只要发动机淹不了，车在水里就能开。说走就走，这时雨下得小了，不用撑伞。

车在南北路上，像船。到了东西路去潍坊的主路上，水少了，往东开，路上水都不多，往北到了寒五路，水多起来，哗哗从西往东流，心里很害怕，不停地说，慢点，慢点。看了眼仪表盘，每分钟不到二十公里，过了路口，水又少了点，到了厂门口，水已满了院子，把车停在门口，看了看手机，平时十来分钟的路程，这次用了四十多分钟。

厂区比公路低不少，雨下得小了，不用打伞也不觉淋得慌。蹚水进去，水漫过胶鞋口，灌了一鞋。到了办公室，值班室里水有二三十厘米，屋里的东西淹了，一楼各房间都进了水，值班人员把电源关了，拔了微机插头，放在地下怕水的东西都放了高处，盛废纸的篓子，不知谁放在办公室的拖鞋，都冲到了走廊。车间里也是水，门口没法挡水，多亏零件下面铺着底盘，十五厘米高的木底盘，眼看着水快没了，一台台价格不菲的机床，虽说有底座，也是不保险，地面好几个地方像泉子一样往外冒水，在安静的车间里听着很响，整个车间的地面全是水，写着产品的牌子，漂起来了，没有办法，只能眼睁睁看着。有人把冬天挡寒风的棉布帘子扯下来，挡在门口，用处不大，门外全是水，根本挡不住，大车间四个大门口，哪个门口都在进水。用叉车把仓库里放得低的零件，挪到高处，能做点是点。往回走的时候，雨已停了，松了口气，可别再下了，车间里不会再进水，损失就会小。原路返回，到了有水的地方，有人在旁边喊，隐隐听到好像是水深不能过，水流被车激荡起声音很大，又是晚上，听不清也看不清，只好硬着头皮往前走，想走另一条路，怕是水更深，到了这块，已经不能后退了。想那人有可能是值勤的，那么晚了还在路旁站着，不会是闲着没事的。后面跟着的一辆车没有跟上来，路上已很少有车了。多亏乐雨平技术好，开到主路上，水少了，看到洛城卖车的，车排满了人行道。

水大，停了路灯，好歹回到家，已是二十日凌晨一点。

这个时候我们还不知道一场半个世纪未见的洪水正向我们寿光冲来。凌晨两三点的时候，寿光南边水已进了庄。好多村民已开始逃离。

回家后我们看完了那场电影才睡的觉。

20日

早上不到五点就起来做饭吃饭，想早点去厂里看看，先去的南门，门口有人摆手，看来水深过不去，又去了东门，没法出去，改走北门，北门口的人说，水更深，又转到南门，水已经从门口漫进小区，并到了第二排楼了，回来后停了车，去了西门，乐雨平打了电话，让家里有车底盘高的员工接他。水还没到小区值班室，门口外面有栅栏，平时不走车，外面有一块空地，平时停停车，现在水多得没法停车，只有公交车还在路上行驶。有小两口骑着电动三轮想过去，进了水没有两米远，又退回来了。

后来，乐雨平说，他看到那个泄洪通知了，没想到这么严重，一点思想准备也没有。乐雨平蹚着水走了，他走了后，下着小雨，我打着伞，转了四个门，看水，水是混浊的黄色的。有人说，从弥河里过来的水，弥河漫了水，都溢出来了。那人说，他五点多出去转的时候，水还没事，六点多，水大得就不行了。遇到两个六十多岁的人，看样子都退休了，他对站在门口的一个人说，你这党员不去抗洪堵水吗？他说他们从晚上十二点干到现在，才回来吃点饭歇歇，弥河上三座桥全封了。看了看手机，八点二十分。站在小区往南望，文化广场周围全是水，黄乎乎的泥水，很是吓人。回家什么也干不下去，又出来转，东门的水也进了小区，北门也进了，小区排水系统，电力系统经住了考验，没有停电停水，车库也没有进水。乐雨平十点四十分的时候打电话来说，刚到厂里，转了一大圈，到处是水，到处封路。网上微信上已发出很多照片，寿光遭了大水灾，从航拍的照片看，到处一片汪洋，就是市里也是能撑船。后来才知道，弥河还有东边的丹河还有西边的塌河好几处决了堤漫了堤，整个寿光淹了八十九个村庄，十万多个大棚，从昨天晚上开始不知有多少人在抗洪。

这个时候我还不知道这些。

下午睡了一觉，大水基本下去了，小区南边的沿街房，没有进水，差丁点，前面广场，全是黄泥水，一只黄狗在里面走来走去，外面大路上，车一辆挨一辆在水里慢慢蠕动。

21 日上午

乐雨平上班后，太阳很好，水已退去。环卫工人在除污泥，洒水车在洒水，几乎看不到水淹的痕迹，八点四十分，同李秋敏去了弥河边，拍了几张照片，前天拍照的地方让水都冲了，花和叶子上都是泥，河边的木头景观被水冲得乱七八糟，人是不敢上去了。之前拍钓鱼的地方和孩子玩滑轮的地方还在水里，河道中间，泥沙翻滚，湍急得连站在边上都让人眼晕。一棵大柳树上挂着几根水草，这是水曾从那里经过留下的，目测有两米高，躺椅上全是树枝子和乱草，横着竖着，堆了一片。我说像做梦一样，李秋敏说感觉很荒诞，没有人相信这里发了大水，大水像一群脱缰的野马，呼啸而过，如一阵风，卷走了很多人家半生的积蓄。城里人家也就是车库进水了，车淹了，有的小区停了水和电，这点水对他们来说不疼不痒，而千千万万的灾民却不是这样的，一个人站在大棚里，手里拿着篮子，跳着脚哭喊，俺的大棚，俺的茄子，俺的芹菜，全完了，老天爷，你让俺咋活啊！一个人躺在公路上，说不想活了，家里全被水淹了不说，房子也倒了，不活了。

22 日

寿光作协发起捐助活动，写了倡议书，号召爱心捐款。

下午，董主任他们发起捐助了一笔钱，买了花露水、蚊香、方便面、火腿肠等，分了两组去送的，一组去受灾严重的口子村，一组去稻田镇，我跟着董主任去的稻田，这次去的有个叫张卫杰的，他说，本来打算去旅游，现在不去了，买了东西送给灾民吧。到了镇委，那里很多包子馒头火烧什么的，很多，这些东西被一一登记，统一分派给受灾的和救灾的人。

23 日

我一直不停地收红包、做统计，很多作协会员都在捐款，有些在单位捐过了，还在这里捐，一天下来收到八千零五十元的捐款。乐雨平也在忙着捐款，他们是企业家在捐，同样忙了一天，他们捐了一千三百多万元。

其间作协李主席打电话来说去做义工的事，在这样的大灾面前，她说我们作协会员应该到现场去，亲身感受一下。我正愁没有办法去受灾现场，正巧，一块儿去看看，能帮上点忙就帮点，哪怕写篇稿子发发声音也好。她在作协群里发了通知，决定第二天一早我们集合去受灾严重的口子村。

24日

八点在弥河寒桥拦河闸集合，开了两辆车去的。到了口子村村口，站在公路上望，才知道这公路就是弥河的大坝，口子村就紧贴着坝的东边，这是新村，以前的老村在河套里，三十几年前就搬迁了。有两个环卫工人，我们过去同他们聊天，询问那天的事情。老村搬迁后，成了养殖区，那里有两万多头猪，一万多头被水冲跑了，一万多头死在原地了。当时水来得很快，一些人就穿着身上的衣服，穿着拖鞋跑出来，水快到屋顶了，家里的东西全毁了，什么沙发冰箱洗衣机电视机的，全完了。我们说，找村委的人，村民说，哪里有什么村委，早跑了，村里人逮着他们，不把他们打煞算是好的。为啥？看看这些年他们做了些啥事？把老坝上的土都卖了。我们村有六百多年的历史，就没一次淹得这么厉害。他在晒粮食，我问这是什么？他说是高粱，水一泡都发芽了，这两天还没顾上，先顾着收拾家里了，屋里屋外全是淤泥，现在低的地方水还没下去。另一个村民说他们村没淹，离这儿很近，多亏他们村的支部书记，领着全村的老少爷们儿，生生没让水进了村，要不也和这里一个样，村里到处是晾晒的东西，屋顶子上也晾了被子，地上的垃圾和污泥，找不到合适的词来形容。我们问这水是从哪儿进来的，他们说，从公路上那个涵洞里过来的。村民为了出行方便，从公路下面修了涵洞，这次水就是从涵洞里涌出来的，附近一处大堤决了口，很短的时间就把口子村淹了。幸亏堵住了，过了几天，采访一个当时参加堵口子的人，当时很多人很多车在堵这个地方，水流太大了，沙袋扔下去，像扔下根鸡毛，一下冲得没有踪影。一车装着沙袋的车推下去，一下子就冲倒了。这个时候我们没有看到那决口和涵洞是什么样子的，那里有警察在执勤，车辆和行人禁止通行。

有个妇女过来说，你们能帮我们晒晒麦子吗？我们正愁不知干点什么好，赶紧说好呀，开车过去吗？不用，很近。跟着她走过去，就在公路上晒，从公路东边走到公路西边，东边也有晒粮食的，大都一块块的，量少，很多生了芽。这家麦子很多，已经摊了一大片，顺着公路的一个车道，从南往北晒过来。我们拿上主家准备的推耙、锨，帮着摊开晾晒，一边问一些情况，他们介绍说，这麦子是亲戚家的，他们也是帮忙的，这家包了一百多亩地，打了十万多斤小麦，全淹了水，在口子老村那里有屋子存放着。刚打下来的时候为啥不卖？说是准备等等多卖两个钱，又说也是忙，没顾上卖。打下麦子来先浇地，救棒子苗，棒子苗要旱煞。两口子还舍不得雇人，没白没黑地干了一个多月，这不棒子苗刚缓过来，人也刚想喘口气，准备着卖麦子，这下全淹了，麦子泡了水，棒子绝了产，全年的收成完了。棒子本来是上粮食的时候，现在一眼望不到边的是秋后收了棒子的景色，满眼是枯黄，那人说，这秋庄稼可以说是颗粒无收了。她没有叹气，没有抱怨，没有激动，像说着今天天气好一样的平静。十万斤麦子，什么概念？我们想象不到，只知道帮着干了一上午，还没有完成一半。我们的鞋子上，一会儿鞋底就包了一层层厚厚的麦粒，有大半寸厚，像一张饼子。麦粒泡得如煮熟了，那么松软，那女人光着脚，开始我们也想脱了鞋子光了脚，像小时候在家里晒麦子一样，李主席没让，说过会儿走的时候没有水洗脚，现在村里停水停电，水不能喝，喝的水都是捐助的瓶装矿泉水。我们问了麦子是从哪里运过来的，才知道全在口子老村，我们说去看看，跟着拉麦子的车，那人回答说行，拉着去，只要不嫌一个味就行。我和高老师、李主任一块儿去，那车是电动三轮，驾驶座上两边都没有门，下了公路，往西去，有五十米的地方，还有些水，大约有二三十厘米深，一开快了，水就往身上溅，过了这个地方，走了一段比较好走的路，两边的棒子全枯死了，水曾没过它们的顶。路边的大棚全塌了，想拍照片都不能够，路不平，颠簸得厉害，车上还没有个把着的地方，我左手攥着手机，放在口袋里怕是要颠出来，只好给了开车的那人，放在他上衣口袋里了。车子声音大得没法说话，也不敢说话，紧张得不行，生怕被颠下来，地下根本不能下脚，全是泥泞。到了村口，有两个穿白色防护服的人在走来走去，有人操作无人机，不知在干什么，有车在从车库里往外拖，我们经过村口的一堆石灰，进了村，路很难走，除了水就是泥，有工作人员，都戴着像防毒面具那样的口罩，周围散发出一股股腐烂的味道，我们戴着一次性口罩，只好用戴着手套的手捂着鼻子和嘴。地上的污泥有一尺厚，不知被多少车轮碾压过，这还是条路吗？黑色污泥里一道道辙，像是老牛拉着犁来回跑了不知几趟，我们的三轮车突突突轰鸣着，车轮子碾在上面一个劲儿地打滑，车身左扭右扭，一会儿向左侧身，一会儿向右侧身，轮子就压在污水边，一汪绿黑色的水，眼看着就侧翻进去，油门踩到底，发出最大的力量，不能前进，吓得我是一动不敢动，为了躲一辆车，村里的路本就不宽，这下朝前走是不行了，那人开始朝后倒，在油门震怒的咆哮中，车子艰难地在泥里倒退，好不容易出来了。若真是在这里趴窝，不知怎么弄，幸亏开车的人技术好，拐弯继续走，又是个烂泥沟，路总算是比较宽，离路边的水远点，水里的气味冲鼻子，恶心，几乎要吐了，忍着。到了那个小院，总算有块干地下脚，谁会想到一间屋里存着十万斤麦子，水曾没过屋顶，拿手机拍了几张照片，谁会想到，就是这个村子里这个地方死了一万多头猪，已经掩埋得差不多了，偶尔有些落下的，这院子西边倒塌的棚子杂物上，一头猪胀得如牛大，四脚朝天，身上紫一块蓝一块的，那人让转到棚子后面去看看，我害怕没有去，高老师去了，拍了一张相片：一头驴子，到死都没有倒下，伸长着脖子，高昂着头，张着嘴，不知它临终想说些什么。那叫我们晒麦子的女人说，这家男主人，曾拼了老命也要救他的骡子，水到了他的下巴，他把他的骡子救了出来，可那头驴和四匹马两头牛全被水淹没了。那女人还说，你们早两天来的话，就去帮忙拖死猪，又说你们大概也拖不动，这两天温度很高，死猪肯定都发了，像吹气一样胀，弄不好就爆肚子了，你们去，不怕味的，也别动那些死猪，说不定有病菌了。

在装麦子的七八个人中，有一个指着远处的棒子地说，看到那几只小猪了吗？还在吃奶，那老母猪还活着？不对，母猪一动不动了，看样子是死了。我用手机拍不到这个镜头，只能拍到些模糊影像，心里说不出什么滋味。还有两只尺半长的猪在寻食。那人说，活着的猪也没人要的，很有可能带菌了，这些躲过大水的猪，不知下一步命运怎样。空气中的气味太熏人了，装完这车麦子，我赶紧跟着走了，李和高留下了，不能一起拉走，因拉了麦子，路上遇到一辆拉着猪的车侧歪在水沟边，这车上的猪还活着，不知从哪儿找出来的，想过去，迎面还过来一辆挖掘机，路窄泥多，过不去，开车的人下来看了看，人家倒了车，让路给我们，车子像一只扭屁股的鸭子，晃晃悠悠贴着那拉猪车过去了。好歹从村里出来，吓死人啦，好几天不由自主说这个词。李主席曾经七次到汶川进行采访，对灾区的情况深有感触，柴老师说她喉咙浅，怕是闻着那味会吐，李主任说我在前面坐着还好，他们在车斗里坐着，差点没把他们颠出来，坐不能坐，蹲不能蹲，这把年纪了，腰腿都不好，差点颠坏了。还说味太大了，差点噎煞，想来多大的味能把人噎死。这泡水的麦子，开始散发出的味道，有股酒糟味，酸中带甜，像用老面发面的馒头，渐渐地，味道越来越难闻，带着猪粪的味，臭烘烘的。十一点半的时候，我们说要回去了，编发了短信，发在群里，让义工来帮忙，让收购粮食的来收。主家很感谢，拿出水给我们喝，说这些水也是好心人送的，村里的水还不能喝，我们没喝这捐助的水，把我们带来的口罩和十几副手套，留给了他们。他们没有一点防护，那女人还碰伤了脚，出了血，我们说去卫生室消消毒包扎包扎，可别感染了，看着光着的脚上满是麦子，还出着血，真为她担心。我们说也没帮上多少忙，很不好意思。过了三天，听说有个饲料厂做公益来收购被水泡的粮食，很有可能这家的麦子就能卖了。

我们同路旁的民警聊了几句，说了那老村的情况，要专业的工作人员处理，这么热的天，得尽快处理，一般人根本帮不上忙。那民警说他向领导汇报汇报。我们进了口子新村，那里一片狼藉，满大街都是忙碌的人。有人运来一车物品在分发，车上有条“一方有难，八方支援”的条幅，村里很多人围着拿，主要是方便面、矿泉水。有一群穿着红色马甲的小伙子，在帮着清街道上的淤泥，马甲都让汗水湿透了。车走到村口的时候，那个民警告诉我们说，他已经给领导打电话了，领导说这就联系派人过去。我们看着这个年轻的警察，很感谢他，他很有责任心。听说我们去了的第二天口子老村就被封了。

我们离开了，他们还在这里生活，我们仅仅是过客。

从口子村出来，我们想去羊口的宅科村，说是那里受灾很重，到今天水还没退去。顺着羊田路往北走，不长时间，就看到前面很多车，下去问了问，说是前面封路，不能走了，我们商量了一下，决定往南走，去看看被淹的大棚。据报上说，纪台镇孟家官庄村大棚淹得很严重，于是我们顺着羊田路一路往南，路上，看到路旁的大棚积水很多，有人用管子往外抽水，到了 308 国道，有警察在执勤，说是封路，不能走了，这纪台去不了。我们又商量了下，继续往南看看走走，很快，就看到路边有消防车在抽水，公路中间的栏杆上，晒着一床接一床的被子，路旁一个村子大街成了晾晒场，很显眼。我们停了车走进去看，一条二三十米的大街，全被杂物堆满了，这个村是田马镇南韩村，全被水淹了。碰到一位女子，看样子像八〇后，她说当时水达到腰，有的地方到了胸膛，她们村里有人顺着公路往昌乐方向跑，只穿了身上的衣服，让我们去她家看看。她家里的东西全淹了，谁也没想到水会这么大，没出去的怎么办？爬在高地方，等着装载车来把他们运出去。土黄的泥满大街都是，那人说，她家里的泥才清理出去，还没有电，没有水，水不能喝，喝送的水。晾衣绳左一根右一根，像蛛网一样扯在当街，穿行有些地方须踏着木板，人们心态还比较好，几个老人坐在一边的树荫下，正在吃午饭，几个馒头，几袋咸菜，几瓶水。村里没有伤亡，这就好。那人说，她家还养了两千只鸡，三层鸡舍，下面两层的鸡全淹死了。我们看到堆在一旁的东西，有孩子玩具，还有一堆书，全是淤泥糊满，翻了翻中间的书，是孩子的图画书，一个木马站在那儿。高老师拍了，想起在口子村的驴。那人说，她家孩子送亲戚家了，没有地方住。晚上各人找地方住，没有地方住的有安置点。市里已知道这村里的情况，很快就有来帮助的。

回来的路上，大家心情都不好，回城里好歹吃了点饭，看到那些受灾的人，也帮不上什么忙，也就说几句安慰话，暖暖他们的心。

25日

上午，寿光市文联赈灾物资捐赠活动，到营里镇大北河村四河圈捐赠赈灾物资，村委组织、作协会员帮助发放，井然有序，棉被、洗衣液、面粉、面条、豆油、卫生纸、大米等十几种。第一次听到我们寿光竟然有个村子叫四河圈，李主席把导航地图发给我们，看着这三字，我不明白什么意思，走了走，感觉不对，又换了地址，发在群里的是大北河村，到了那里看着不像进水的样子，他们说他们村多亏铁路挡住了，水没有过来，铁路东的村子进了水，问了问，才找到地方，知道四河圈原来是大北河村的一个生产组，有二十九户人家，百十口人，基本上都是老人，房子很多还是土墙，年轻人大多外出打工、求学、经商，在城里买房子，为什么起了这么个村名？这个小村子四条河围着，四河圈。恍然大悟。董老师把她的一包旧衣服给了一家，那人说董老师长得像她媳妇。在村里转转，有个女人来说，有个人家很穷，孩子生了病，现在还在医院，去看看，到了那儿，有几个帮着在收拾家的，看了那生病孩子的相片，长得很漂亮，大伙把身上带着的现金都留下了，人家还不好意思，连连感谢，去了一对夫妇家，把领的东西放在西屋，北屋还不能住人，不停地说，共产党好，政府好。这家的女主人说，当年嫁人唯一的条件就是嫁个党员，她老头子当年当兵，是党员，家里穷得叮当响，家人不同意，她嫁了，不后悔，一手拉着李主席的手，一手拉着魏老师的手，很感谢。我们说真是不好意思，帮不上什么忙，她说能来看看就很好。水淹了不怕，有政府，有共产党。

有人拉着去看了他的养猪场，他说他家二百多头猪全死了，那是准备攒钱给孩子上学娶媳妇的，这下子全打了水漂了。养猪场的院子里水退了后，留下了一地的泥，没地方下脚，主家找了几块长木板，搭连在地上，我们方踩着进了猪舍，一间一间水泥墙隔开的格子间，空荡荡的猪舍，有人在清理，里面只有一头小猪，躲在一角，见人来了，抬头看着我们哼哼了几声，主家说，这是他在地里捡来的，这猪还很幸运，保了小命。

从我们进村他就跟在我们的身边，我们几次要求去看看他家的养猪场。看了他家的养猪场，他说谢谢我们，说我们是好心人，关心着来看看，我们感到羞愧，我们实在帮不上多大的忙，快走吧，有点落荒而逃。

路上，李主席告诉我们，我们作协的一个会员家里，养了五千只狐狸，活着的还剩六只。咱们给她家捐款吧，李主席说，她说她家还过得去，不要，让我们捐给那些比她们家更需要的人。

26日

周姐从济南回寿光，想亲临现场去看看灾区的情况，说好了由李主任开车拉着她去的，李主任说现在温度这么高，死了那么多动物，你也亲眼见过，都变了味，水里也有细菌，口子村是不能去了，大概也封了。我听他的话音，是不敢去受灾严重的现场了。回家对乐雨平说起这事，他说他同学家的养鸡场让大水淹了，他的同学们已经一块儿去过了，他正好在做企业捐款的事没时间去，打算明天去看看。我赶紧打电话给周姐，早上八点去她住的小区水木清华接上她，到台头镇一个小时的车程，一路上几乎看不到一点水灾的痕迹，到了一个村子，穿过村子，往东去，才看到路边大水的污印，指给周姐看。到了鸡场附近，路旁的庄稼地里水汪汪的，大约还有半米深，有两个中年人弄着一台水泵抽水，我们过去同那两人聊了几句，机器马力这么小，水袋有小孩胳膊细，到什么时候能抽完？他们说，这季棒子大多数人家不要了，他们觉得不要了不甘心，就找了个抽水泵子，能抽多少是多少，能救几棵是几棵。他们嘿嘿笑，心态还好。玉米地望不到边，这季庄稼看来是绝产了。又问了他们到鸡场的路，很快到了鸡场门口，挂着“鸡宝宝合作社养殖场”的牌子，这就是了。门口又是水又是泥，人是没办法下脚，车好歹能开进去，一旁有挖掘机轰隆轰隆地工作，很多白色石灰，到处都有。去了办公室，赵老板很热情地接待了我们。他穿着蓝T恤衫，短裤，露着的皮肤上满是小红疙瘩，看着瘆人。他说他的四个养鸡场，淹了两个，同咱市一样，淹了一半，三十五万多只鸡，一车装三千只，那种大货车从这里差不多能排到寿光市里，价值八百多万元，买成饲料的话，一车车排起来，排到市里没问题。他说他一律不接受个人捐款，那些捐款先去救助别人，他还能生活，还有钱买饲料。说着说着，镇政府派人给送物资来了，方便面、火腿肠、奶、面粉等送了一面包车。他笑着说，政府的救助就收下了。周姐偷偷问我，她带了二三千块钱，打算捐给他家的，怕是人家不要，反而弄得尴尬。我说，乐雨平是他同学，给他钱他坚决不要，你看他的态度，肯定是不要。他不是说了嘛，捐款先给那些更需要的人，不用给他，他临时还能过得去。周姐回去后寄了些棉被之类的物资，我家也送了几袋面粉和几箱方便面，聊表一点心意。

赵老板说，也怨自己大意了，一点思想准备也没有，明知道下雨，明知道有台风。这里的水是从西边东营过来的，多亏前面的织女河，救了他们。织女河不知干了多少年，这次来水，拦河闸提不起来，直接用挖掘机挖了。发大水的那天晚上，水淹到了腰的时候，他先让他老婆带着员工走了，到了安全地方，他和电工守在电机那里，如果停电的话，很快整个鸡场就完了，现在全是自动化养鸡，一会儿也离不开电。市里第一遍下通知防洪的时候，还没觉得怎样，侥幸心理，从一九七四年发过大水，到现在都是干旱，多下点雨更好，解决解决旱情。第二遍下通知全部撤离的时候，他才慌起来，赶紧让部分员工回来抢救鸡，同学也来了些，又雇了些打工的，一人给了双胶鞋，穿上去鸡舍，一排排鸡笼，机械化饲养，底下的一层已全部被淹死，是些快要出笼卖的鸡，水漫到第二层鸡笼，鸡伸长脖子，等着去救，救一只是一只。三十五万只鸡，八百多万元，一水冲没了，说不心疼那是假的。幸好人没事。他身上的红疙瘩连成片，成了斑块，像癞蛤蟆皮，他说，在齐腰深的水里泡了两天两夜，基本没合眼，饿了也是站在水里吃个馒头，喝瓶矿泉水，馒头和水用泡沫箱盛着，漂在水上，有人开着大铲车送过来的。水很脏，沾了水的地方都起了皮疹。这两天好点了，买了药，花了五六千元。他说，幸亏没再放水，据说寿光与东营协调的，不能再往这边放水，台头镇是全国最大防水产业基地，他家的鸡场是台头镇最大养殖场。撤离就是放弃，庄稼淹了不要紧，也就一季绝产，其他产业淹了，损失没法计算。

他让我们穿上胶鞋，蹚水去了鸡舍看了看，鸡笼里已没有多少只鸡，还指给我们看一条长沟，大约有两个电线杆间距长，一个电线杆间距宽，淹死的鸡就埋在这里，上面堆上石灰，石灰上面再堆上土，然后再放上一层石灰一层土，要埋好了，防止传染病。

他说他是党员，有三十多年的党龄，谁说共产党不好，他马上同人急，睁着一只独眼，说到激动处，拍大腿，在养殖圈里是出了名的。理直气壮的样子，成了他的特色。乐雨平说，他小时候一只眼受伤失明了。

27日

跟着朋友朱主任单位的义诊车去营里镇李家湾义诊，朱主任是一家医院的宣传人员，车上好几个医生，都是三十岁左右的年轻人。路上，已看不出发过大水的痕迹，感觉像做梦一样，有些荒诞。公路两旁庄稼地里的玉米，一人多高的玉米棵，原应碧绿一片，现在一眼望出去，是没有生机的枯绿。蔬菜大棚更是受灾严重，据媒体报道说，淹了九千九百九十九间房，也不知咋统计的。

大水过后，救灾自救。

到了李家湾，走进一个大院子，医生们去了早就搭建好的帐篷，那是临时救护所，他们已在此处义诊多天。很多穿着橘黄马甲的义工，在院子里整理发放捐赠的物资，也有拿工具去街道帮忙清除污泥、打扫卫生的。我看了看，别的也帮不上什么忙，就拿着一把铁锨，同别的义工一起清污泥，其他的人说，你们女的甭干了，干也干不动。

我看到救灾的很多是人民子弟兵，他们累得就在大街上休息，随地躺着，太阳照射在他们身上。

洒水车在前面洒水，清污人员在后面一字排开，用铁锨不停地堆，清污车再拉走。干了一会儿，又累又渴，我拖着铁锨回了帐篷，打算休息下，看到三个军人来治疗，两个身上胳膊上全是皮疹，红色的疙瘩，有小米粒大小，一片一片的，像癞蛤蟆皮，瘆人。一个腿梁上破了块皮，像胡萝卜般红肿，周边发脓。

我看着他们，好像在哪里见过。这三人这么年轻，看样子只有十八九岁，想想，也确实没见，于是就问了句，你贵姓？

那兵很害羞，说免贵姓毕。

我递了个棉棒给他，问他是哪里人，这个姓可是不多见。

那人说，就是咱这块地的人。

我说怪不得看着面善。

那人笑了，露一口白牙，脸黑得像阿胶枣。

他说他在济南当兵，当消防兵，这回是随队来救灾的。

铜钱草

认识付梅花和牟树初的时候，我和乐雨平还没结婚。

乐雨平说，付梅花牟树初两口子和他是同学，从初中到高中的同学。

知道他们关系不一般，乐雨平骑自行车驮着我，穿过大半个县城去见他们，这次我没有反对。那时未婚，随便见对方的亲友，我不喜欢。没有一份仪式感在里面，总感觉少了些尊重。

他们在县城的西边租了房子，销售化肥、农药，门头牌子是“付梅花化肥农药销售点”，绿底上印着肥肥的红字，像付梅花的身材。付梅花穿着白底黑纹T恤衫，衣服小了一码号，背上的肉凸出来。这画面让我有些惊讶，憋了很长时间，对乐雨平说，你同学咋穿得像一条斑马，夕阳下的斑马。乐雨平说，大概有了孩子不太注重打扮了，以前她可不这样。他们的房子在街道的东面，一间平房，门口正朝西，夕阳照进去，光线猛烈，颇具杀伤力。

双下巴的付梅花让孩子骑在她的左胯上，招呼着买东西的人。买东西的是个中年男人，穿着拖鞋，鞋和脚沾满泥土，正拿着一个葡萄糖瓶子，问道，这药真有你说的那么好？付梅花也穿着拖鞋，一手搂着孩子的腰，用手抹一下额头上的汗水，擦在孩子淡黄小汗衫上，说你放心用吧，没问题，我打包票。又抬头对我们笑着招呼，快进来坐，乐雨平来了，老牟，快出来！他在吃饭呢，刚卸完一车化肥。她的头转过来转过去。孩子大头，细脖子，咿咿呀呀地闹，用手挠她的脸，拽她的头发，一边拿眼睛偷看我们。一台落地风扇不停地摆动，吹向他们。我又让这样的画面撞了下，额地娘来，她真能干。

旁边有竹子图案的布帘一挑，牟树初从里面走出来。

若不是乐雨平早就告诉我他是高中化学老师，乍一看，他同那些站在路旁找活儿干的民工没什么两样。牟树初穿格子短裤，夹脚拖鞋，卷到腋窝的灰色老头衫，油乎乎的脏乱头发，朝我们龇牙一笑。趿拉着鞋走去门口外面，捅了蜂窝煤炉子，夹了块煤扔进去，烟尘“轰”地一下扑出来，他拿起水壶放在炉口，烟缩回去。拎暖瓶给我们倒水，说平时用不了多少开水，不做饭的时候，就封着炉子。乐雨平推了推连帮椅上大人孩子的衣服，拉着我坐下。衣服多，我尽量侧着身子坐。

牟树初两腿敞开坐在马扎上，喊道，付梅花，拿烟。

烟就在茶几上。付梅花轻笑着说，抱着孩子动来动去。

果真，烟在茶几的下层上，一低头就能看见。乐雨平已拿出带在身上的烟，弹出一根递给牟树初，自己叼了支，捧着火柴，给牟树初点了支，又点了自己的，两人对着抽烟、喝水、聊天。

牟树初说，怎么？嫌弃我的烟不好。

开什么国际玩笑？哈哈，你家付梅花是老板，你是老板爷，手指缝漏点就比我们这死工资多。

你呀是光看贼吃肉，没看贼挨打。牟树初嘿嘿笑着，付梅花，下茶。

我算是看出来了，他这是摆谱呢，摆大男人的谱。我想说，甭理他，惯的毛病，看见乐雨平扔来眼刀子，赶紧闭嘴。乐雨平说，她在忙着，我们自己来，两人动手下茶、洗杯、喝水，还顺便给我了一杯。

忙过一阵子的付梅花端了葡萄过来让我吃，我也拿出给孩子买的铃铛玩具，站起来逗引孩子。

我说，你们两个是同学，真好，知根知底。

她笑道，同学是同学，在学校没说过话。

正常，那个年纪的男女同学不敢说话，一说话，同学们就说谁和谁相好，起哄。

是啊是啊，她一拍大腿道。

她摘一个葡萄粒放孩子手里，孩子攥着小拳头往嘴里放，付梅花拉下来，孩子继续放，母子俩谁也不放弃，葡萄汁沾满手，黏糊糊的，她也不嫌，这一根筋的妈妈，宠孩子宠得没边。她笑着说，乐雨平好脾气，我看你是个厉害的，你可别欺负我老同学。付梅花同我说话的腔调，我感觉出这是拿我当自己人了。

通过聊天我了解到，付梅花高中毕业落榜后，就到一家乡镇罐头厂打工，那里离她家和牟树初家不远。他们那儿很多人家都种黄桃，一大片一大片桃树林，后来乐雨平专门陪我去看过。春天里桃花盛开的时候，走进桃林，褐色的枝干开着粉色桃花，星星绿叶点缀其间，如妖如仙，美得令人心醉。很多年后，我才想到这不就是三生三世十里桃花吗？黄桃成熟的季节，桃子被摘下来堆在一起，像小山一样。金黄色的果皮，金黄色的果肉，看着好吃，吃起来发酸，这些黄桃是专门用来做罐头的，附近人家几乎家家户户都会做。乡里也建了罐头厂，生产的罐头味美价廉，远销全国各地，还能出口赚外汇。罐头厂的职工大多是周围村子的年轻人。牟树初上了大学，假期也到罐头厂打工。在食堂打饭的时候，遇到了同学付梅花。

是他先认出的我，付梅花说，当时他黑黑瘦瘦的，穿着一件黑红格子半袖褂子，头发长长的，能扎小辫子，看起来不像大学生，倒像一个小街痞子。他说，他是故意做这样打扮，在外面上学打工，坐车出行什么的，一看到他这坏蛋样，就没人敢惹他。我算是明白了，他这是扮老虎吓唬人。当时听他说这些，我心里不知什么滋味，一下子就决定，以后会对他好，多疼爱他。真的，说起来你别不信，我就是可怜他，才嫁的他。他很小的时候，他父亲就去世了，他母亲一个人拉扯大了五个孩子，他上面有哥哥姐姐，下面有两个妹妹，俗话说，老大稀罕老小娇，最苦苦了当中腰。他从小没受多少好。

看到他天天就穿一身衣服，老虎上山一身皮，晚上洗了白天穿，我用自己的钱扯了布，给他做了一身衣服。你知道我是怎么节约积攒钱的吗？那个时候，一分钱一暖瓶水，喝水、洗脸、洗脚一天用两暖瓶，我就用一暖瓶，只用来喝水，洗脸洗脚用冷水，就为省出一分钱。去食堂打饭，一角钱一份菜，我就买五分钱的，这样又省出五分钱。攒够五块六角钱，扯的学生蓝布。这事当时我肯定不会同他说的，后来闲聊才让他知道的。他很感动，又觉得我会用缝纫机做衣服，了不起，直夸我。若不是同学，若不是他一直追我，若不是可怜他，我不会嫁给他，他是大学生，咱就是一个农民，总觉得配不上人家。他家里人不愿意娶我这样的儿媳妇，我婆婆直接当着我的面说，锄头好不容易户口出去了，再娶个户口在农村的，以后孩子的户口也跟着在农村，亏煞。老牟怼他娘说，我若是不娶她，万一以后碰不上像她这样对我好的人呢？更亏煞。

我知道这个邋遢的付梅花肯定有什么直击牟树初灵魂的闪光点。芸芸众生，偏偏是她，这便是爱的最好例证。

我还以为他们俩能相亲相爱一辈子，我一直以为与自己的初恋结了婚，就是一辈子。

再去找他们玩，他们已经搬了门头。那是一个物资市场，从南到北一条街，挨家挨户，几乎全是销售与庄稼蔬菜有关的物资，化肥、农药、种子以及用来搭建蔬菜大棚的薄膜，人、车、各种杂物，多得让人眼晕。整条街道上没有一棵树，很多门面前用泡沫箱种了辣椒、西红柿、无花果，甚至菠菜、小油菜。付梅花家的门前却是种着一瓦瓮的铜钱草，铜钱草长得茂盛，亭亭立在青色瓦瓮里，很是与众不同。铜钱草也叫金钱草，一听名字就让人觉得是好兆头，又加上一个个圆形叶片，如古时的铜钱，给人以好感。据说家里养了这一种植物，代表着家里即将财运亨通、财源广进。铜钱草的叶和茎碧绿通透，给人雅致脱俗的感觉，很招人喜爱。

付梅花和牟树初两口子除去卖化肥农药还给蔬菜治病，这次牌子做得很大，用了彩色喷绘，蓝天白云庄稼地，黄色油菜花里放着大西瓜、大玉米、大西红柿、大辣椒，字还是肥肥的红，写着蔬菜疑难病——专家门诊。在众多牌子里，也算是醒目的。

我们进去的时候，付梅花正用显微镜在观察西红柿叶子，对来给菜看病的人说，叶子上菌都长满了，得赶紧治，随即拿给那人些药粉，并详细说了用法，还没顾上同我们说几句话，又来了给辣椒看病的人。这人更干脆，直接带来了整棵的辣椒，我好奇地也想看看上面有什么，她不让我碰那菜棵子，说上面有病菌，她摘了片叶子放在显微镜下，让我看，这可是我头次在显微镜下看东西，好似小虫子样地爬来爬去的东西，大概就是病菌了。至于怎样治，她很快开出药方，还配好了药，我和乐雨平一脸蒙，一包玉米面样的东西能治菜病？来给菜看病的人却夸她医术高明，并指给我看门口的牌子，看见了吗？蔬菜疑难病——专家门诊。

付梅花说，咱寿光种植大棚蔬菜这么多，很需要给菜看病的医生，她和牟树初商量了下，就在农资市场租了房子，边学边干，来给菜看病的，如一时没钱，可赊欠着，对她的医术似信非信的，她给开好方配齐药，先不用付钱，回去治好了菜的病，再来送钱不迟。就这样凭着她的医术和热情周到的服务，赢得了菜农的信任。

我很佩服她活学活用的精神，为此还写了篇小稿发表在当地的报纸上。

这次没有见到牟树初，付梅花说他去进货了，还说，他不当老师了，办了停薪留职。

原来以为他家这样的组合很不错，一个有份固定工作，无论如何都能保证基本生活，一个可以自由择业，愿意干什么就干什么。像他们两口子，像我和乐雨平。忽然间听到牟树初下海，一瞬间有些发呆，这人得有多大的勇气才放下好好的教师职业，离开熟悉的环境，去经营陌生的行业，付梅花竟然也同意？付梅花叹了口气说，他是个有大主意的，很多事我是挡不住的，就像当年他要娶我，他娘也挡不住一样。

停薪留职是个新生事物，也算是中国特色吧，听过这词，听过某某办了停薪留职，那就是一个词，离自己很遥远。没想到相熟的人里牟树初是第一个办停薪留职的人。不但不拿工资，一年还要往学校交好几万，以此来保留住那份公职，不可思议。

回家后我对乐雨平说，你也办个吧，办个停薪留职。他说我干不了，不是经商的料。我说他没有牟树初的闯劲，没有创新精神，要向人家学习，敢闯敢干。他说你这不是赶鸭子上架吗？把我架火上烤啊？

我说你快拉倒吧，别耍宝。你留意了吗？付梅花的头发。

多管闲事。

刘海遮着眼。

与你有啥关系？

她不敢看人，她的眼睛躲在那些油腻头发后面，那些油腻头发好像门帘，她躲在后面。

胡说八道。

她儿子是弱视，隔一段时间她就陪着儿子去看医生，牟树初都不管。

她和你说的？我咋没听到。

再听到他们的消息，是他家买了车，买了两辆，一辆拉货的面包车，一辆开着玩的轿车，还在城里买了楼房。当然，我们也住了新楼房。

有一次路过农资市场，想过去看看付梅花，到了那里，却发现关着门，这开门头的，大白天咋关门哩。我走进旁边一家卖种子的店，向店主打听，店主是个中年发福的妇人，大姐你知道这家人去哪里了吗？她说你找这家人啊，咯咯咯，跑了，卖假农药，咯咯咯，她家男人卖假农药，让人家查出来，男人吓得跑了，女人带着孩子不知去哪里了，咯咯咯，你和她是什么关系？你找她什么事？是不是买了假农药来要赔款的？需不需要我给捎个话？这也太热情，受不了，赶紧走。远远地，我还听到她像母鸡下蛋一样的声音：咯咯咯，别走啊，我还没说完呢，男人没个好东西。

又过了几年，听说牟树初开了工厂，专门生产农药的工厂，他当老板，聘了会计，他老婆成了专职太太。我对乐雨平说，付梅花熬出来了，什么事也不用干，专在家享福了。他说，你以为她的日子过得很舒坦？我看还不如你。我已下岗多年，赶过夜市，卖过百货，做过保健品的推销员等，换过七八份工作，还让多名亲友起了怜悯之心，说我不容易，说我受了大累。但我很想大声告诉他们，他们根本不了解那种一份工作不愿干了，乐雨平就说，不愿干咱就不干好了，那种被宠的感觉。

时光一直飞速逝去，一天接着一天，一月接着一月，直到一连好几年都消失不见。我们被推入人生一个又一个阶段，纷扰、忙碌、新的声音、别人婚姻的裂痕。

这次见面是在牟树初工厂的办公室，他坐在老板椅后面，老板桌上整洁，放了几张报纸，我想着他是不是不会操作电脑，屋里没看到。他让人叫付梅花过来，我有些吃惊，她来得太快，她说，她现在在厂里财务科上班，专管财务。嗯嗯，我说，就是要上班，长时间在家里待着，都傻了，还开玩笑说，好好看着你家锄头——乐雨平早就对我说过，牟树初原名牟树锄，乳名锄头，上了大学后自己改了名字。现在很多小姑娘喜欢他这样的大叔。

乐雨平拿眼瞪我，我瞪回去，我没说错什么话啊，乐雨平常指责我不分场所地胡乱说话，不过脑子，害得他每次同我出来玩都提心吊胆。

我接着说，我原来厂里有个小姐妹，她对象就是办了停薪留职，自己开门头，卖家电，我还去买过录音机，就是在中心大街拐角的那家门头，现在开得规模很大，她对象同他的一个店员有了暧昧，我小姐妹一看事情不好，立马办了辞职，去守着她对象，把那店员开除了，国营单位的公职说不要就不要了，也是个果断之人，现在他们的孩子也十几岁，之前差一点就打了离婚，就像言情小说里描写的那样。

乐雨平咳嗽，又用脚踢我的脚，我尴尬地闭了嘴。

牟树初出门去洗手间，看到洗手间的门关上，付梅花说，骆玉萍是不是你的同学，你们小学的同学，牟树初是不是同她好过？

乐雨平连连摇头，说没有的事，是同学不错，不是你说的那样，多少年没有来往了。付梅花说，她在县城，离这儿不远，开了个理发店，牟树初常去找她理发。

中午他们留吃饭，我们没有留下。

后来乐雨平对我说付梅花和牟树初离了婚，孩子都十五岁了，跟着他妈走了。我第一反应是生气，怎么会这样呢？接着的反应就是不准乐雨平再找牟树初玩，不许再找他一块儿喝酒吃饭。

我们不好意思去打探别人的私事，这次却实在想问一问——付梅花和牟树初为什么分开，到底是谁的错，背后究竟发生了什么……最终什么也没有问。

那段时间我家买了新车，我正在同乐雨平计较，副驾驶座上别的女人能不能坐，他拉了一位女同事，年轻的女同事，让我看见了，我们两人闹了好长时间别扭。

他说我你可别像付梅花一样，不懂会计，非要去搅和，想把钱都管起来，可能吗？小门头的时候能算过账来，大厂子，根本不是她想得那么容易，整得财务乱七八糟，气得老牟不行。

我不管他是听谁说的这些，追着问老牟聘的会计是男的还是女的。

女的。

让我我也生气，不知道老板和会计是什么关系？那得多铁啊。

不可理喻。

小区里有猫，喵喵叫，好像被什么人踩到了尾巴，停了一会儿，传来两只猫的叫声，一声比一声瘆人，其间伴着撕咬的声，我推开窗子朝外喊道，哪里来的打架猫，滚远点。

当然我们很快和好了，乐雨平答应副驾是我的专用座，并且可以随便吃零食。

再听到牟树初的消息，是他已再婚，两人孩子都五岁了。再婚对象叫骆玉萍，是个开理发店的老板。我立马对女性理发师警惕起来，对乐雨平说，以后理发要找男理发师。他答应了，至于他是不是守信，我不知道，但我知道我的选择——相信他。

乐雨平接了个电话，说是他三姑走了，需要一早去。

当地的俗礼，女人去世，需娘家人去见最后一面，看看去世之人有什么不妥之处，有什么被隐瞒的事情，或许被婆家人欺负了，儿女不孝被虐待了，或许自己想不开一绳子上吊了，喝农药了。总之，女人就是死了，还有娘家人来撑腰，娘家提出的要求，不办利落了，死者不能出殡，为此好多人家闹得成仇家，多年不上门。看过后若没有不妥的地方——当然很少有不妥的，就是发现不妥，大多也是睁一只闭一只眼，也有说法是顾活的不顾死的，这也是人之常情——同意去火化，主家方可去。

本家一个叫七元的，电话里说要拉上我婆婆和四姑，她们那辈人就剩她们两个了。

敲开门，说明来意，等四姑摇摇晃晃收拾好才走，在一旁看得我恨不能架起她。前几年，这个一头大波浪银发的四姑，一身红衣，唱歌、跳舞、打太极拳，样样精通，是个时尚老人。

到村里时，我扶着婆婆，婆婆与四姑拉着手，两个八十多岁的老太太，自己走起路来都不稳，婆婆身体还好点，也是得过脑血栓的人，幸亏治疗及时没落下后遗症，四姑不但身子摇晃得厉害，说话也不利落，磕磕巴巴，听的人都替她着急。一进门，门里两边跪着两个男的，不知是谁，大概是三姑的大儿子小儿子吧，头上披着白布衫子，尖尖的，如一顶高帽子，遮着他们的脸，他们低着头，哀哀地哭，让人看不到模样。

院子里有人正在扎灵棚。

屋里五六个女人有站着的，有随意坐着的，听到婆婆的哭声，我注意到她们的慌乱，臀部和大腿贴地的那种坐，还没有坐实，面向东，哭声高高低低，像唱曲一样有节奏，听不出悲伤。我没有流泪，也哭不出来声音，只是站着。地上铺了一层麦穰，我把身体的重心从左脚换到右脚，麦穰在脚底打滑。三姑仰面躺在地上的一床被子上，身上盖着一块红布，一张黄表纸把三姑的脸遮挡起来。

这就是三姑，那个我和乐雨平从结婚到现在，快三十年了，几乎年年去看望的三姑，已没有了呼吸。

去年八月十五的时候，儿子和我们一块儿去的，从她家院子里那棵柿子树上摘了好多个柿子，儿子说很好吃，三姑说尽管摘，多摘些，还躲着木瓜树上的长刺，摘了两个木瓜给我们，让我们放在车上闻味，说很好闻。

三姑体重不到八十斤，个子不到我的肩头，脸上的皱纹比我婆婆多了不止一倍。窗前的那棵木瓜树，像三姑一样瘦弱，拇指粗细的枝干上，结着如大鹅蛋的果，黄灿灿的诱人，这是药用木瓜，果皮厚，硬邦邦的，果肉也坚硬，但气味比较芳香而持久。只要外皮没有损伤，把成熟后的木瓜摆在车内或居室内，半年内都不会腐烂变质，能持久地散发出好闻的芳香气味。

今年过年的时候，她身体还康健，住在小儿子家东边的一间屋里，屋里生着一个叫报窝鸡的小炉子，我们住惯了有暖气的房子，在这样温度的房间冷得坐不住。房间大概有十几平方米，靠东墙一张单人床，床上的被子、衣服乱糟糟地堆着，一张矮桌子，黑乎乎的，桌面三道能漏花生的裂纹，放着些瓶瓶罐罐，落满黑灰，一张不知多少年的椅子，看不出原来的颜色，进去三四个人就没地方站，我们有几个就站在院子里，她小儿子在镇上做生意，平时不回家，就她一个人住在这个院子里。三姑同大儿子闹别扭，大儿一家不上门。那一次闹得厉害，快半夜十二点了，她的小儿媳妇打电话给乐雨平，说是来福让他嫂给打了，打破了头，流了很多血，现在在医院，让乐雨平过去看看。

外甥有事找舅，这是规矩，以前三姑四姑家那些婆媳不和、兄弟吵架、妯娌闹别扭这些鸡毛蒜皮的事常常来找他舅就是乐雨平的父亲做公断，现在他父亲年龄大了，开始找乐雨平这个当表哥的。这大概就是费孝通在《乡土中国》里说的“沾在土地上”的乡土本色。

夏天的深夜，乐雨平正熟睡着呢，一听有事，我爬起来跟着一块儿去，不放心他一个人。到了镇医院，周围静得有点怵人，大厅里没有人，探看一楼左右走廊，亮着灯，也是静，乐雨平打电话，是三姑家小儿媳妇下来接的，这个穿着碎花裙的女子，肤色健康，白里透红，见到我们，没有预想的激动。到了三楼病房，看到乐雨平的表弟来福躺在床上，头上即便缠扎着白色纱布，也是个标致小伙儿。他媳妇拿出一件汗衫，给我们看，你看给打的，全是血。黑红色的血沾在白汗衫上面，脏乎乎的，几乎满了前襟，看着格外扎眼。

乐雨平说，怎么会打得这么厉害，用啥打的？来福说，是他嫂子与他娘吵嘴，他嫂子推了他娘，他娘摔倒了，他知道后，很生气，怎么能打老人？就去找嫂子理论，没想到，一进门，还没说几句话，嫂子拿起一个菜盘子，朝着他砸过来，他根本来不及躲。盘子砸在他的头上，当时血冒出来，正是中午，用手都压不住，直接拿汗衫堵，大家都吓坏了。直接没犹豫，来福媳妇说打 110 报了警。

我们安慰了几句，开车去三姑家，到了那里，同三姑讲了几句话。三姑夫已去世十多年，三姑由两个儿子轮着养，现住在大儿子来顺家的南屋里，躺在床上，呻吟着，她的两个闺女在守着。

这乡土本色，再不是《乡土中国》里的样子，不知从什么时候开始，为儿子盖了屋娶上媳妇后的父母，并不会住在主屋里，他们住偏房屋，南屋、西屋或东屋，说起来并不是孩子们逼着住，是老人自觉自愿的，村里的人家都这样，也是见怪不怪了，这样的现象让人难以理解。三姑住的南屋，向南沿街的那边留了门，原来向北对着北屋的门封了。三姑拉着乐雨平的手，哭着说，来顺家的不是个东西，她打我，她竟然打我。她怎么打你？她为啥打你？三姑絮叨着，我咋知道为啥？她就是看我不顺眼，恨不得我快死了，省得拖累她。

我不想听这些，从南屋里出来，向东转了来顺家的院子里，大门楼与影壁墙连在一起，影壁墙用瓷砖贴了，还贴着一个大红福字。这是与村里大多数人家相似的大门楼，里面放着电动三轮车、电动两轮车。一男一女两个警察站在院子里，我吓了一跳，停了脚步，想想警察有什么可怕的，做坏事的才怕警察，咱又没做坏事，接着甩胳膊向里走。男警察说，你是什么人？我赶紧笑着说，我是这家人的亲戚，来看看。嗯，那你进去吧。我随着女警察进了屋里。

来顺家一溜四间屋，都亮着灯，站在院子里，就看到北屋里坐着来顺，面向西，我去了东屋才知道，中间的屋里来顺媳妇正在洗脸梳头换衣服，来顺可以通过两屋之间的门看到他媳妇。来顺站起来与我打招呼，站起来的来顺看着比我高一个头，我心里估摸着他有一米八五高，只多不少。听乐雨平提起过他这个表哥，见没见过我不记得了，他家里表哥表弟二三十个，结婚多年，我也没搞清谁是谁。来顺表哥说了句来了，又接了句，坐，就不再吭声，两手搓在一起，搓脸，挠头，坐在靠东墙的沙发上。我也看到了中间屋的表嫂，把菜盘子摔在小叔子头上的表嫂，我确定以前从没见过她。她个子不高，两头尖尖当中间粗的身子在屋里忙。我无法直面她，就绕过中间屋，去了西屋。西屋里有个少年，十几岁的样子，留着时尚的发型，像电视上的那些清秀小男孩，我走进去，坐在他的旁边，按着连帮椅硬硬的扶手，自我介绍了下。我们从没见过，一说，他就知道我是谁了，然后聊了几句家常，从他的言语中听出，他有些怨恨他爸爸，因为他爸爸无能，他妈才让人欺负。他还说，从小就是他妈种蔬菜大棚，供着他上学，撑着这个家，他爸爸常年不在家，出去打工，也挣不了多少钱。家里这沙发、这电视、这冰箱都是他妈种大棚挣来的。他特别强调说，以前常听奶奶说我妈怎么不好，我相信了，总是与她作对，她让我做的事我偏不做，常惹她生气，现在我大了，看了看，不是奶奶说的那回事，很多时候不是我妈惹事，是别人找事。我们两个看着他妈站在对面屋里梳头、洗脸，换了件干净衣服，然后跟着女警察出来，坐上停在门口的车走了。我安慰他，大人的事让大人自己解决，甭管谁的对错，咱不掺和。不能同叔叔吵吧？不能同奶奶吵吧？他嗯嗯地点头。看着很好、很善良的孩子。当父亲的几乎不同儿子说话，更谈不上交流，这在村里很正常的现象，我也觉得难以理解。

从那以后，我再没见过他们一家人。据说经调解后，赔了来福家三万元钱，大表嫂从派出所出来。

后来同婆婆说起这事，婆婆说有时候是你们三姑自找的，她偏心，她自己说的，大儿媳妇刚嫁过去的时候，擀饼时让儿媳妇烧鏊子，你三姑给她抱了一大抱青草，半干的，呕烟，呛得人双眼流泪，不停地低头凑到火堆边吹，火不旺饼熟得不快，你三姑就嫌她活儿干得不好，烧个鏊子都烧不好，她只会生气，什么也不会说。老二媳妇很会往那人眼里做，也会说，听着老二的车到了门口，她这就给你三姑送热水来了，老二觉得他媳妇很孝顺。老大媳妇不行，不会做也不会说，脾气还不好，动不动就摔脸子，我偏不吃这一套。你三姑说，老大是个锯嘴葫芦，老实得三脚踢不出个屁来，老大媳妇就是个倔种，生头胎的时候，问她什么时候生，她不说，快生了还不同我说，让老大去找接生婆，接生婆以为阵痛时间长，不急，生头胎更不急，拖个一天半天的很正常，她正好在家蒸窝窝头，觉得蒸完这一锅窝窝头再去也晚不了。可等接生婆到了的时候，孩子已经生下来了，大人孩子都冻煞了，腊月里那天又下了大雪，这才招呼人烧炕，弄上被子捂，好歹大人活过来了，孩子死了。气得我拿起笤帚就打她，一气把个笤帚都打没了，老大在旁边一声都不敢吭。唉，孩子没了，还是个小子，说起来真真痛煞个人。

三姑现在不会偏心了，她躺在那儿，什么也不知道了。她的大孙子来给她送殡，小孙子没有来送殡，这是她小儿媳妇出来对我们说的，她家孩子快高考了，没同他说，怕影响他考大学。假如三姑知道的话，不知她有何感想。

婆婆和四姑拉着悲腔哭姐姐，七元在一旁说掀开看看，我心里害怕，具体怕什么也说不清，不想看，往后退了退，婆婆和四姑走过去，蹲下看三姑。我看向她们，看到婆婆和四姑的背影，后到婆婆把三姑脸上的黄表纸掀开，四姑凑上前看。两人哭，家里陪着的也哭，声音很大，拖着长腔，像唱戏。四姑哭得时间长，婆婆很快停住哭声。四姑还在哭，婆婆说，转过身去，闭上嘴。四姑转过身，停了哭。一块儿出来，问了问出殡的事，说是中午去吃饭。四姑说，得和三姑吃顿饭，婆婆说行，出来送我们的三姑小儿媳妇说，下午一点出殡。现在村里男人死了，二十四小时内出殡，女人死了，四十八小时内出殡，女人要等娘家人来。

这是县里新出台的新文明殡葬规定。

往回走的路上，婆婆说了一句，你三姑就这样走完了一辈子。我们没有做声。送四姑回家，四姑家也有愁事——小儿子与她关系不太好，打电话有事也不积极。能积极吗？四姑像三姑一样偏心。她小儿子来找乐雨平唠叨他父母偏心的事，说起来那是委屈得一把鼻涕一把泪。比如说，孩子上学，想借父母的房产证用用，四姑在学区住，孩子可以在附近学校上学，四姑到底也没有拿出来。还有老家新农村建设，拆旧房换楼房，四姑不声不响把老宅基地给了大儿，分了楼房，没有小儿子的份，气得小儿子不行。

三姑去世的那天早上，在德明家门口等人，正好看到门口有一只猫和一只狗，德明媳妇说，都说猫狗打架，她家的猫和狗不但不打架，猫还照看小狗。她家大狗生了小狗后常出去逛，都是猫在帮着照看小狗。出了满月，其他的小狗都送走了，只剩下这一只，猫和狗两个玩耍，一会儿猫抱着狗脖子，一会儿狗亲猫肚子，两个跑过来跑过去，玩得很快乐。猫和狗都能玩在一起，为什么亲兄弟会吵得不可开交？唉！

三姑虽已离世，想起来，木瓜的芳香气味和她屋子里的潮湿霉味却常绕在鼻端，久久不散。

紫荆花

很多年前我去香港旅游，知道香港的市花是紫荆花，并且买了一件紫荆花的艺术品，一直放在博宝架上，从没想起查查它的象征寓意。

当有一次同儿子聊天，说起他媳妇疼弟弟的事，他说，我就不明白了，这当姐姐又不是当父母，干吗对弟弟那么好，给他买衣服买鞋子，买喜欢吃的食物，这还不算，她弟弟学校里有什么事也打电话给他姐姐。我和老公异口同声，姐姐对弟弟好，这不是很正常的事吗？对我们来说习以为常的事，到了儿子这里咋就行不通了？大概与独生子女有关，从小到大，在他的生活里，包括他的同学朋友，很少有兄弟姐妹的，不知道手足情深，也是正常。然后开始跟他说我们兄弟姐妹之间的事，让他知道他媳妇有个弟弟是件让人很感恩的事。

我是兄弟姐妹四人，乐雨平是六人，我们两人的兄弟姐妹加起来是十人，再加上各自的对象，不算小辈们，二十个人，结婚三十年来，说从没吵过架闹过别扭，也许有人不相信。

其实，很早以前，我就很希望有个哥哥，尤其小时候，村子里孩子多，在一起免不了吵嘴打架，打不过的就说，你等着，俺找俺哥来打你。有个哥哥挺着，那模样真是拽得不行，我在旁边站着，眼热得不行，可惜在家里，我是老大。

好在嫁了个老公有哥哥，就常大哥大哥地叫，惹得大嫂学我的乡音“大瓜小瓜”地喊。我听着不对味，好像把大哥叫成傻瓜一样，就抗议道，你叫错了，是大锅小锅。家人更加大笑不止。

关于大哥的好些事情，我给朋友说过。我喜欢在亲朋面前说起大哥，因为大哥真的是很好的大哥。

有一次，朋友们聚在一起聊些家长里短的事，我就说我家当年买房子时，大哥借了些钱给我们，过后从没催要过。也是在我们经济最拮据的时候，那次大哥回家，给了他弟弟二百元钱，老公用这钱给我买了对当时的我来说有史以来最贵的衣服。

有一年的大年初一，全家人回老家过年，大人孩子一大帮玩得那个高兴，甭提了。晚上快十一点了，邻居打电话说我家的水管漏水，隔着地板渗到他家了，那天晚上，哥俩都喝不少酒，大哥不放心，亲自陪我们回县城里的家。看到地板上的水就开玩笑说，今年你家大发了。帮我们打扫，大冬天的累得满头汗。

我现在打字用的五笔输入法，也是当年去他家学的。那年儿子一岁多点，大哥家孩子差不多大，他们的小姑跟着一块儿去的，帮着照看他们。一住十天，大嫂也能容忍。我用他家的电脑学习打字，那个时候，有电脑的家庭很少，学习电脑的资料也少，大哥借了一本，复印了一份五笔字码给我学习用。

公爹做白内障手术，我正同老公商量着给家里钱，老公说，大哥早拿来了，光手术费就一万多元。我很是吃惊，好多人家为这样的事闹得不可开交呢，这大哥可好，没让弟弟妹妹拿一分钱。

公公婆婆七十多岁的时候，愿意去老年服务中心，每年一两万的费用也是大哥帮着支付。其实其他的兄弟姐妹想着一块儿凑凑，他坚持说不用，他说他离家远，没时间常回来，我们离家近的，平时可以多回去看看父母。

大哥其实也不易，大学毕业后，就独自一人在外闯荡，家人几乎帮不上什么忙，现在也算是小有成就了，让我们去他那里玩，管吃管住管玩，弄得我们过意不去，只能偶尔地去揩点油喽！

这就是大哥，让我常在朋友面前拿出来显摆的大哥。

儿子结婚，需要用到芝麻秸、大葱、麦子、花生、大枣、栗子等，大葱要全根全叶的，大枣栗子要虫子咬了的，这些东西全不用我们操心，大姐姐早就准备得妥妥的，婚礼的头一天，她就来帮着把这些东西整理好，用红色胶带把大葱缠起来，六棵大葱，带根带叶，叶不能少一个，和芝麻秸一起埋在盛满麦粒的瓷盆里，越高越好。这些都是她家种的，特意挑选出来，早早给预备着。

她家里种着杏树，每当杏熟的时候，就打电话来，让我们去摘杏吃。我喜欢吃野菜，比如扫帚菜、马齿苋、人青菜、青青菜、曲曲芽、苦菜子，甚至萹蓄芽，这些她家的地里都有，有些是自个儿生的，有些是专门种的。她家里种着大棚蔬菜，西红柿、黄瓜、苦瓜、辣椒、茄子、小油菜、韭菜、丝瓜、吊瓜、扁豆之类的，每次去，什么菜能吃了给放上什么，我们没时间去，就托他们的孩子给捎。她家在大棚种菜的时候，翻地遇到个铜钱、瓦片、带花纹的砖什么的，留存下来，等我儿子去的时候，拿给他看——儿子有一段时间比较热衷古物。

二姐是家里受累最多的，当年找对象也是为了照顾弟弟妹妹，嫁在本村。大哥和乐雨平上学，父母身体不好，妹妹年纪小，农活都是她和二姐夫干，浇水搬机器，看机器，种庄稼收庄稼，换工麦收秋收，这些重活脏活都是他俩出力多，却从没一句怨言。我们一家常在她家玩，就是现在，每年过年炸的年货，炸鱼、炸鸡、炸丸子，熬猪蹄冻，还有大锅炖年莪子，都是她家做好了，给我们送来，有时连盆子一块儿端来。没事我们大家伙常到她家聚聚，前段日子婆婆过生日，去她家，大人孩子三十多口人，分两桌吃饭，都是自己做的菜。

她家里养着鸡，鸡蛋、大公鸡、老母鸡，我们家没少吃。儿子结婚，亲家说需要鸡，同二姐一说，二话不说，没问题，到时候挑个长得俊的，离举行婚礼还有不少日子，她已经准备起来。

不知从什么时候开始，时兴吃粗粮，煎饼是粗粮食物里比较好吃的，三妹专门去摊煎饼的地方摊小米面、豆面的，一摊一大摞，连放煎饼的盖垫一块儿给我们。过年专门去山里买羊买猪，回家分肉，这肉能吃到八月十五。四妹也是，年节给送些肉和骨头，过年给的灌肠，吃到八月十五吃不完。

有一次大哥打电话来问有没有豆面，我们说有，是三妹给的。三妹知道后，说那些是陈的，不吃了，吃就吃新鲜的。于是拿着当年的豆子现去磨坊加工的，还加工了些玉米面、小米面，大哥来的时候，给他带上。几乎每次大哥回家，给他捎的当地特产，车的后备箱装得满满的，如同给我们家一样。太多了，吃用不了，他们会说，没事，吃不了，左邻右舍的分分。我家的兄弟姐妹也跟着乐雨平家的兄弟姐妹们吃了不少无公害的新鲜蔬菜。

三妹在自家承包田里，养了一头香猪，一只黑狗，两只山羊，十只鹅，二十只乌鸡，二十只笨鸡，还种了花生，种了地瓜，种了李子树、杏树、桃树，这些都是不卖的，全留给自己家人吃用的。

我们这儿是全国最大的蔬菜基地，很多外地的客户来拉菜，有些当地人负责把各个种植户的菜收集起来，雇人挑选、分装，装箱或装袋，然后卖给外地来拉菜的客户，二姐和三妹她们两家多年来专做收购茄子的生意。她们也是能吃苦受累，凌晨三点钟去收购点，吃饭时间不固定，没有规律，午饭常常吃到下午三四点，回家累得不想做饭。当然也有比较清闲的时候，那就是每年的休棚期。那是夏天最热的时候，大棚种植需要休棚，闲下来，她们打扑克、跳舞，日子过得比较滋润。

我不太好意思说家里谁穿的衣服好看，比如说小姑子穿的裤子很好看，黑色裤腿处绣着大红花，她说是网上买的，不贵，给你也买件，我说不用不用，不几天，她买了送来了。很多人说你的裤子真好看，在哪里买的。我说我小姑子在网上买的。我家装修房子，小姑子和她对象帮不少忙，铺地面的沙、水泥是他帮着拉来的，装修弄下的建筑垃圾，是他帮着拉走的。他们家新农村建设，住了楼房，把车库装修成吃饭喝茶的地方，过段时间，兄弟姐妹们约一块儿撮一顿，网上购的能移动的大锅灶，有时炖鸡，有时炖排骨，有时蒸海鲜。有拎酒的，有拎茶的，有拎水果的，当然没有伴手礼也不会有人在意的，然后兄弟姐妹们吃饭喝酒聊天，饭后再喝壶茶，然后各回各家。

再说我的兄弟姐妹。

弟弟很支持我写作，他也喜欢写东西，因为工作原因，不再写了，他写的小小说，曾在《小小说》杂志发表过。我写的稿件，常拿给他看，他会提些很中肯的意见。我从写小豆腐块，转向写长的稿子，是受他的启发，他说，姐，你别只写些围着锅台转的东西了，应该写写普通人到底在想什么干什么，写写他们的生活。于是写了篇长的，十几万字，他不但帮着提意见，还提供素材。弟媳是医生，平时父母有个头疼脑热的，直接不用我们操心，都是她和弟弟在照应着。我们其他家人有个小病小灾也是找她，也信着她了。兄弟姐妹过段时间一块儿聚聚，大多时候是大妹两口子请客，当地有点名气的酒店基本都去吃过。随着年纪越来越大，尤其是疫情防控期间，我们聚餐就去弟弟家，弟媳的职业决定了她很忙，但她总是笑哈哈的，说话细声慢语，从没有嫌弃的样子。

大妹也很有文采，写的散文也曾在省级报纸发表过。她学的是会计专业，后来专职干会计，成了注册会计师，成立会计师事务所，写作的事情也丢在一边。她给我买过好多书，池莉的、张海迪的，市面上流行的文学书，她也向我推荐，前两天还推荐我看电影《伟大的救赎》。

喜欢打扮的大妹过段时间让我去她家，打开衣柜，让我试穿些衣服，穿着合身的，就给我了。有时直接跟我去商场买衣服买鞋子买包包，像儿子结婚时，我这准备当婆婆的买新衣服，小姑子从网上给买连衣裙，试穿不合适，又退换。二妹直接陪我去商场，买连衣裙，买外套，买丝袜，买丝巾，甚至首饰都帮着配好送给我。我的手上长了湿疹，好长时间好不了，大妹帮我找人买药膏，我用着可以，接着买好几盒送给我让我用。

为儿子买婚房，她陪着各个地方转着看房，转了几个月，看好了房，就要付定金了，晚上弟弟打电话来说，先不买吧，那个地方曾有个化工厂。得，大妹一听，不在这里买了，另换地方。看好房后，首付款给了三分之一，还让我们不用急着还。

儿子大学毕业后，找了份工作不满意，他说喜欢动漫这行业，是他二姨拿上钱让他去学动漫，学完了又帮着找工作，时间不长，公司效益不好，他这又去了弟弟和妹妹合伙开的公司，弟弟说，这几年公司没赚多少钱，培养了个祥阳（儿子名字），也买了房也娶了媳妇，也锻炼出来了。

小妹是学计算机专业的，开始学的时候，她给了我一个旧键盘，专门让我用来练习盲打。当然她现在成了某学院中层领导，行事还如从前一样。比如小妹穿着一双鞋看着很舒服，我刚说你这鞋好看，接着她就说上网给你买双，不贵。不长时间，鞋子直接寄给我家里。

是的，我们的兄弟姐妹对我们很好，我们对他们也好，两好合一好。

好也是有来有往……兄弟姐妹是父母给我们的最好礼物，我们心里开着花，手足情谊深。

一天，无意中在网上看到紫荆花的图片，顺手查了一下相关资料，心头一乐——咱这一大家子可不就是一朵紫荆花么！

香港的市花是洋紫荆花，花开得大，我们楼前绿花区里种着一棵紫荆树，花开得小，成簇，紫花像是用手攥上的那么多，整棵树枝丫上全是花，甚至有些花直接开在树干上，结着像扁豆一样的果实。

两种花虽然样子不同，但都象征兄弟和睦、手足情深、家业兴旺。传说南朝时，京兆尹田真与兄弟田庆、田广三人分家，当别的财产都已分置妥当时，最后才发现院子里还有一株枝叶扶疏、花团锦簇的紫荆花树不好处理。当晚，兄弟三人商量将这株紫荆花树截为三段，每人分一段。第二天清早，兄弟三人前去砍树时发现，这株紫荆花树枝叶已全部枯萎，花朵也全部凋落。田真见此状不禁对两个兄弟感叹道："人不如木也。"后来，兄弟三人又把家产合起来，并和睦相处。那株紫荆花树好像颇通人性，也随之又恢复了生机，且生长得花繁叶茂。

地衣

这个春天有点特殊。

刚刚出了正月，二月的第一个星期六，弟媳出差来我们县城，中午吃顿便饭的时候，她拿出手机看了看说，奇怪，咱娘的医疗卡这是让谁用了？弟媳是医生，平时父母的医疗卡都在她那里放着，有个头痛脑热的，都是她帮着料理。我说，是不是弄错了？我和乐雨平前两天去过父母那儿，母亲刚出了一本书，很高兴，身体好着呢。刚说完，妹妹打电话说，母亲在小区院里溜达，不小心摔了一跤，胯骨骨折，已办好住院手续，让我们去看看。离着一百多里路，开车过去，已是半下午。疫情防控期间，医院只能留一个人陪床，不能随便换人，家人不能看望。别人都上班，我退休在家没事，我来陪床是理所当然，于是做了核酸检测，办了陪床证，陪同母亲一住就是二十天。其间她的吃喝拉撒都在床上，她的疼痛，她的唠叨，她用电话指挥着父亲去拿她参加“三八”妇女节画展的画，吓得我赶紧给妹妹打电话，让她帮着去拿，不能让父亲到处走，毕竟他也八十多岁了，能自己顾着自己就很好了。她还给她的同学打电话，嘱咐人家，防呛、防噎和防跌，却不说自己骨折正在住院，她神经质的发作，哭泣、流泪、唱歌、演讲。因血小板低，输了两次血小板，牵引了五天，才动的手术。五天直挺挺地躺着，她说就如同受刑，难受也咬牙忍着，打着止痛针，吃着止痛药，晚上痛得成宿不能睡觉。我陪着她，一会儿给她喂水，一会儿给她接小便。她趁着我睡着的时候，自己伸手拿水杯，拿热水瓶。同病房的另一个病人和陪床的，睡起觉来呼噜打得震天响，这一点也不虚夸。我似睡非睡中，睁眼就看到床头柜上歪斜的热水瓶，一下子爬起来，我很生气，我就是特意拿出时间来陪床的，有事干吗不作声？万一热水淋到身上怎么办？母亲说，我不是看着你累嘛。我怕惹得她不愿意，没有怼她。

医生来查房，问起母亲的病史，我才觉得，母亲的生命力顽强得很。

二十世纪九十年代，我们家六口人分住在五个地方，上学的上学，上班的上班，只有母亲自己一个人管理着责任田。白天她是初中毕业班的数学老师，放学回家后，下地干活，摘棉花，浇麦子，给玉米施肥，饭也是饱一顿饥一顿，凉热的也不在乎。当她转成公办教师，不用下地种田的时候，她肚子痛已很长时间，这才去医院看医生。

医生的诊断是结肠上长了瘤，肿瘤。

母亲直接对医生说，没事，不用担心，我很想得开，甭管什么结果我都能接受，不用瞒着，我又不是不认识字。别说是三十年前，就是现在，人们也是谈肿瘤就色变。母亲是很想得开，刚得知结果的时候，偷偷哭了一场，从那以后，再没为这事哭过。哭没哭我们兄妹四个是没见过，她自己说哭过那定是哭过，她说，那次好一场哭，刚刚过上这好日子的，就长了这要命的东西，心里憋屈得不行。她做的另一个决定又让我们吃一惊，不是立马住院治疗，竟是先同父亲跟着学校组织的旅游团去了趟北京，看了天安门，到了长城，参观了故宫，玩了一圈，了却了去首都北京看看的心愿，这才回来踏实住院治疗。动手术的时候，她还同医生聊天，她说，权当是用来育苗的地瓜生了黑斑，多切下块来就行了。有五年的时间，父亲陪着她做后期治疗，做化疗时，没有掉头发。母亲一个五年又一个五年地活着，一直到现在。据医生说，这次血小板低，也是那次生病的后遗症，他说，比方说正常人有十个造血小板的细胞，像我母亲这样的人很有可能只有六个了，年轻时没有什么，当年老了，各个细胞都在衰老的时候，就表现出来了。母亲对医生说，她还动过阑尾手术，也是那次的术后后遗症，阑尾被压在盆腔底，用了医生做五个正常阑尾手术的时间。那次我在陪床，看着她起来坐下的难受劲儿，整晚不停地呻吟，抖擞的不在正常地方的肠子，回归到它们的老位置，需要时间。肚子里有一股气，好像是只老鼠想出来，一会儿钻到这里，一会儿钻到那里，原本能说能笑的母亲痛得冒汗，一句话也说不出来，一直到这气排出体外，这才消停。

母亲还做过膝关节置换手术，年轻时过度劳作，母亲多年膝盖痛，用过很多偏方治疗，用拉拉藤叶子捣碎外敷，有苍耳棵捣碎外敷，用桑树枝和牛骨头烤，针灸艾熏都做过，症状时好时坏，有一次上老年大学的路上，突然，她的膝盖疼得一步也迈不出，这才决定做手术。手术后，整条腿紫黑，看着吓人，没想到不到一星期，她又站起来，重新去上老年大学，学书法、绘画，作诗作词。父亲学计算机和摄影，在母亲八十岁父亲八十一岁的时候，两人合作出了一本集子，《李尚孝、张凤兰耄耋伉俪——摄影、诗词、书法、国画作品专刊》出版，作为两人八十岁生日礼物。

这次母亲骨折住院，正是疫情封控期间，饭由医护人员送到每个病房门口，病人和陪护每天要做核酸抽样检测。看到忙碌的医护人员，母亲早早做好准备，然后就联想到她的儿媳身上，说我儿媳就是医生，忙得一上午连口水都顾不上喝，这疫情防控期间更忙了。同室病友的陪护说这就像坐监狱，哪里也不让出去，闷煞，烦煞。母亲就劝说他，咱们在这里多好，在医院里比在外面更安全，饭菜还给送到门口，哪里有这样的好事。弟媳给母亲送了个四条腿像小车一样的拐杖，动了手术不长时间，她遵照医嘱下床扶着这拐杖站起来，很高兴，让我拍照录视频，发在我们家人的群里，她对着镜头大声说，儿女们，你们的娘我又站起来了，放心吧。母亲腰板挺得很直，想着她写个寿字，也说这是活到九十九腰也不弯的寿，虽然我们母女脾气不相投，我不喜欢她争强好胜的脾气，她看不惯我的慢性子，为她倒杯水，她也许嫌我不麻利，我也气她咋就稳不住呢，但不妨碍我对她的佩服，尤其对她顽强生命力的佩服。

我在百度上搜索“寓意生命力顽强的植物”，看到这样一段文字：“在植物世界里，你可能想不到，地衣是生命力最为顽强的植物，没有之一。地衣既能耐七十摄氏度的高温，也能在零下二百七十三摄氏度的超低温环境下生长，即使在真空条件下放置六年，地衣依然还能保持活力。不管是南极还是北极，或者沙漠地区，甚至海龟的背上都能生存。”

我想到母亲的生命，不由得动容，那一刻仿佛听到她和病友一块儿唱着：我们走在大路上，意气风发斗志昂扬……

按照惯例，到了周末我们几个总要到父母住处一起吃个饭。我去时，妹妹早就在了，喊了声“姐”就接着刷微信。

我换完拖鞋，踢踏着走向沙发，屁股刚着座，母亲就嘻哈着慢走过来送给我们一份大礼，人都来齐了，你们看看这是什么？拐杖指向之处是一份文件：遗体捐献自愿书。白纸黑字在那儿摆着，如三五只蝙蝠在暗夜里，发出神秘的声音，蠕蠕地在房间里爬行。

我的妈呀，我感觉有点蒙，吓煞人这是，就好像我有一次拿钥匙逗一只喜鹊，喜鹊竟然真的把钥匙叼走了一样的不可思议。

母亲端坐在画案前，说我和你爸爸坐着公交车，去市红十字会，把所有手续都办好了，只剩下儿女签字。

屋里忽然一下子没有声音。

窗外一种比蝉小的小蝉，不停地“温悠儿温悠儿”地叫。

我来到窗前，窗台上有一盆海棠花，开着彩色玻璃似的花朵，有一个罐头瓶，缠着些细麻绳，我曾在母亲的朋友圈里看到过，母亲拍了照片，写了一句文字：大女儿学的瓶艺术品。此刻，这艺术瓶上晃动着明亮的光，刺痛着我的眼睛。

妹妹把眼镜推到额头上，拿起捐献书，从头到尾翻了遍，两手拿着，按在画板上，开玩笑，简直是开国际玩笑，任太阳从哪边升起，是怎么也没想到你们会做这事。

弟弟坐在沙发上，站起来，搓着两手，走来走去，把手一甩，说这是个什么事，不签，把个好好的人弄得乱七八糟。弟弟的喉咙里像塞着团麻。

看见弟弟眼里的泪花，我悄悄开门走出去，到小区的院里转圈。

父母真的老了。我们孩子们常抱怨他们的不服老。

我与父母分住在不同的城市，隔三岔五通个电话。

有一天的电话打家里的座机没人接，打两人的手机，母亲的关机，父亲的无人接听。我开始胡思乱想，这到底是出了啥事？别是走丢了？还是摔着了？给妹妹打电话，妹妹家与他们住在一个小区，就是俗话说的一碗汤的距离。

中午十二点多，妹妹来电话说，老头儿和老太太一上午跑了三个地方，给人送字画去了。这次送的是母亲写的一个大“寿”字，让人裱好的。这“寿”字常常当礼物送亲朋好友，父亲负责讲解，春生万物孝为先，九十九岁腰不弯，人活百岁多一点，健康长寿全家欢。不舍得打出租车，坐公交车去的。先去找的一个女老板。有一次他们俩去一个景点游玩，是这个人拉他们回来的。这事我知道，父母说过不止一次，当时累得一步也迈不动。母亲做过膝关节置换手术，想坐在路沿石上休息一下都不行，拄着拐杖站在那里，这时候，忽然过来一辆车，这车已经从他们身边过去，又把车倒回来，自愿送他们回家的。母亲与她互留电话，加了微信。对我兄妹提起这事，不说女老板，说女企业家，说人家打电话让她去玩，说人家生意都做到越南，说有机会带着他们到越南玩，说从越南给他们寄特产，说谁对他们好，他们一辈子忘不了。说一次，孩子们很感动，说两次，很感激，说三次，好像没听到，再说，心烦。再再说，我忍不住，说一个孩子和父母吵架后离家出走，他肚子很饿，看到卖面的又没钱买，后来面摊老板请他吃，他非常感激，面摊老板却说我只给你吃了一碗面你就这样感激我，那你的父母给你煮了十多年的饭你怎么不去感激他们呢？孩子们帮着做了多少事，从没听你说句感激话。母亲说那不一样，说走到哪里也有好心人。

妹妹说他们又去了小区卫生室，卫生室的人很热情，他们没事去那里坐坐，人家给量量血压，都是免费的。最后去了一个卖菜的摊点，说有新鲜菜都是给他们留着。有时没带钱，卖菜的人就先赊给他们。

回家后，我和妹妹劝说他俩，这个年纪，就别到处去了，在家好好待着不行？母亲说，我们的事，你们别管，你们的事，我们不管，趁着现在我们还能走动，用不着你们，我们愿咋地咋地。

妹妹后来对我说，因为一句话她惹恼了母亲，恼大了。

我说，不是你脾气好吗？

妹妹说，她对母亲说，小时候我们听你的话，现在你年纪大了，要听我们的话。

母亲一听，火大了，听你们的话？甭想。从小到大没人管过我，凡事都是我说了算，我就没想着做错过事，凭什么听你们的？你们能耐了？老了老了竟然被你们孩子们管着，我和你们说，别说门，窗子也没有。张着嘴，又哭又喊，数落着她的理由，像受了委屈的孩子。你们嫌我老了不中用了，我偏偏做个事给你们瞧瞧。

妹妹说，她当时都蒙了，一句玩笑话，竟然惹得母亲生这么大的气。

母亲常说，人怎么会老了呢，也就打个哈欠的时间就老了，可我还有那么多的事想做。母亲原来是数学老师，退休后上老年大学，学习诗词、书法、剪纸、绘画，还以自己为原型写了两部长篇小说。

我说，你以后就在家待着，哪儿也别去了，没事的时候画画，健身，你的画在当地已小有名气了。

母亲把头一抬说，我可不，我还得上老年大学，人多热闹，我还想写诗，直抒情怀。

这个年纪了，就应该像狗一样待在家里，守着家。道理是这样，说出来这话不好听，我只在心里翻腾，没说出口，要不又惹火她了。

看到母亲站在穿衣镜前，梳着她的灰白色的发。看见她把脱落在木梳齿间的头发，一根根取下来，缠成一团，然后说，你看这头发掉的，快成秃子了，这就是老了？

母亲说了几次，家里乱得下不去脚，自个干不了，孩子们也懒，不帮着干干家务。确实，家里的东西太多，这个舍不得扔，那个舍不得扔，只是吃饭的桌子上，摆着喝的净化水，一个罐头瓶里盛着蒜咸菜，一个装豆腐乳的瓶子盛着醋泡圆葱，一个外卖小塑料盒盛着韭花咸菜，说是父亲自己做的。还有干煎饼，半条子饼干，两根干葱，一小碟子豆酱，两包牛奶，喝的降压的养肝的降血糖的药，一人一大包。老天，还有些别的东西，几乎把个桌子占满了。本来客厅就不大，母亲说喜欢大画案，妹妹找人做了，放在客厅，这更是拥挤。找个钟点工吧，一星期来帮着收拾一次，母亲不同意，说家里一个碎纸片都有用，人家来打扫，不知道的给弄没了，弄乱了，找都找不到。妹妹自从生了二胎，就请了保姆看孩子打扫卫生，妹妹给找了个，先试试，可人家一进门，母亲坐在一边看着，说看不惯人家干活，比自己干活还累。钟点工已换了五六个，每个都干不长。

过了不长时间，母亲在微信群里发信息说，我们又去上老年大学了。

有一天，母亲说她要和父亲出本书，留作纪念。这是好事，我们支持。

这书出来，刚歇歇，母亲在微信群里忽然发了一条信息：我们回来了，我们办了件任你们想也想不到的事，还发了个笑脸。

家人在一起聊天，母亲对外甥说，别人说话，别打岔，听人家说完。外甥接着说，姥姥你别说笑了，你还不是这样的，人家说话不理你，你就插话岔开话题，吸引别人的目光，我是遗传了你。我看到母亲笑，笑到流出眼泪。

母亲喜欢没事的时候在家庭群里发语音：儿女们，我告诉大家，各小家过好节日生活，我这里很好，不用为我考虑，我哪里也不去了，在家里休息，玩啊。不论在家的在外的，我俩都祝你们玩得高兴快乐。声音像用醋泡过，让我们兄妹觉得不陪父母玩，如同龇着龋齿般难受。

好几次清明节，开车拉着她回老家上坟，母亲这样安排，去你们姥姥家，订三桌子菜，一桌子女人吃，一桌子孩子吃，一桌子我和你舅舅们吃。男的在你三舅家，老婆孩子在你四舅家，你四妗子没事，让她给你们烧水喝。去了后，给舅舅们分红包，并且说，谁也不许不要。还真有不要的，大舅说，我这快八十的人了，咋还能要姐姐的钱？真真不像话。母亲说，我直接下命令，要也得要，不要也得要，就像以前买房子，来这借钱一样，不管你们愿意不愿意，不管怎么样淘换，哪怕是抢银行，两天之内给我准备五千块钱，那个时候的钱，值钱。

我转到一棵大杨树下，上面有个巨大鸟巢，半米高，树下有长椅，我曾远远地看见过，母亲一个人坐在椅子上，戴着帽子，宽边，原白，穿着短袖的上衣，胳膊上戴着套袖，用不穿的秋衣袖子剪下来，自己做的，双手拄在拐杖上，一根竹子拐杖竖在两腿之间，头一点一点的，这是要睡着了，在干什么？晒太阳，说和那些老太太一块儿唱歌，唱洪湖水浪打浪，唱一条大河波浪宽，唱大海航行靠舵手。她是老师，平时瞧不上这些人，说人家素质低，好拾垃圾，翻垃圾箱，晚上，有几次碰上，不好意思说话，装着没看见。又说她留着纸箱子和旧报纸给小区打扫卫生的，他们生活困难些。

遗体捐赠这事，母亲提过几次，大家都当了耳旁风，因为家里的老宅修缮好了，父亲曾说过，老家有老房子，不用担心百年后没地方出殡。母亲说，她的眼角膜还很好，她的肝还很好。我说，你这个年纪了，器官有什么好的，能用上的不多。那让学医的学生拿来学本事也很好。她说她和父亲都问清楚了，十年，死后还能在世上待十年。十年后火化，然后在一个大碑上，刻上名字，多好，多荣光，以后你们上坟就去那儿。

这事父亲开始时也反对，人还是入土为安。母亲说，什么入土为安，村里一次次迁坟你不知道？

夜色朦胧中，我转回家，没人再提这事。

这里割一下，那里割一下，这里旋下一块，那里挖下一块。说这些的人是我的一个朋友，他说，他看过解剖。

你亲眼看过吗？我听到这些，自动在心里想象着一个吓人的场景。

看的视频，肝啊脾啊心啊就是在这儿，就是那么长的。

我说，我父母签了遗体捐赠书，你信吗？

真的吗？多大年纪了？了不起，一般人真不敢做这事。

我是不敢。我说。从手机上搜出报道《八旬老人签下遗体捐献自愿书——延续生命的价值》给朋友看，这是记者采访我父母写的报道。

不知为什么做这事。我自从知道父母签了遗体捐赠书后，一直想问问，为什么？妹妹不让问，别问了，一提这事就伤心。她到底是问了。母亲说，别问了，有得问没得问了，就这么个事。

我想起有个老师讲的鲸落现象。

鲸落指的是当鲸鱼在海洋中死去，它的尸体会缓慢沉入海底，并在此过程中形成的一个独特的生态系统。

鲸落可以供养一套以分解者为主的循环系统长达百年，这是鲸鱼留给大海最后的温柔。

有一天有同学打电话问，报纸上刊登了一篇文章，说是一对老人遗体捐赠的事，那是你父母吧，很了不起，向老人致敬。我在手机上发朋友圈说，父母，有我们想不到的超前，签下那样一份协议，无以言表。然后是一个泪目的表情，加一首母亲节时写的一首小诗：

就像从前……

从记忆开始
一日复一日 一年复一年
母亲总是那个模样
小眼睛，淡眉毛
说话大声，笑得张扬

忽然有一天母亲跌了一个跟头
一跟头跌进了她的童年——
说话时呛口水
贪吃甜食
在我们意料不到的时候
哭泣

那个给我们撑腰的人
那个给了我们前程的人
那个从不言输的人

——老了

老得她自己不相信
老得她自己不乐意
母亲，让我们扶着你
就像从前你扶着我们
就像新生的枝叶扶着
苍老的树干
就像你把我们
从第一道门槛
引向人世

妈，今年放寒假我先不回去了。

你不回来要去哪里？

我要去大凉山，四川大凉山。

额的娘嗌，去那么远干什么？

援教，当志愿者。

你和谁去？哪里组织的？危不危险？大凉山离我们这儿几千里路，别让人骗了。

你儿子是容易被骗的人吗？这次活动是团中央组织的，我在网上报的名，我们这次一共去十七人，有老人有年轻人，有教授有研究生有大学生，有北京的有天津的，就我一个是山东人。这次是去援教，学生都放寒假了，不上课。不说了，跟你说也说不明白。

行行，去吧，去当志愿者，去献爱心，千万要注意，安全第一。

就这么一个儿子，去哪里也不放心，又不可能拴在家里，心里纠结的，一言难尽。

那是 2012 年腊月的一天，儿子上大学二年级。

后来才知道，他所谓的援教，就是陪那里的孩子玩耍，给他们讲故事听，给他们放电影看，片子是提前下载在电脑里的。

他们带了三台电脑过去，其中有儿子的一台，为了给他们照相，儿子带了一台单反相机，这像是我儿子做的事，还给同去的援教人员做饭。我从他六岁就教他做饭，先从剥葱择菜开始，再学很简单的鸡蛋炒西红柿，他做的时候，我拿个马扎坐在一边看着。我同他说，一个人活在世上，生活自理了，才能更好地做别的工作。三十年过去，有时我也想，儿子会做饭这事是好还是孬？学会了做饭，尝到了好处，动不动做些好吃的，他把自己吃成了一个胖子。也因为他会做几个菜，追上个媳妇。没想到这次还能发挥他做饭的长处，他说他只当大厨，还给他配了两个帮手，一个烧火，一个择菜，话里话外带着嘚瑟样。他告诉我们，那里的孩子，一个小姑娘带着弟弟，养一头猪，过生活；一个老奶奶带着四个小孩子，过生活。成年人都去外地打工，留守的是老人和孩子。有一个村子，连电也没有，他们背了三台电脑上去，爬山走了四个多小时才到那里，给他们放电影。有个孩子在看的时候嘻哈笑，有个大人上去就给了他一耳光，说的话他们听不懂，看样子是让他好好看，不要捣乱。没有电视，没见过相机，捐赠的电脑不会用，这是当地的情况。那里的人很欢迎他们，说不用教孩子们什么知识，只带给他们些新理念就很好。他们这里的人，初中毕业，外出打工，赚钱娶媳妇生孩子，然后就像放羊孩子那样，再一轮地循环，一代代就这样过生活。

我想着从小生活在蜜罐里的儿子，这次去援教，对他肯定有触动，希望他别身在福中不知福。后来儿子说起这次援教中曾发生了一次危险的事，有一次下山的时候，他不小心滑倒了，像坐滑梯一样滑了一段路，手掌都擦出血珠，当时没说，怕我们担心。

儿子十岁的那年，暑假里我和他骑自行车去潍坊，一百里的路程，骑了六个小时，他坚持了下来。高一暑假约了同学骑行去北京，那同学走了不到四分之一地就坐车回来了，我们鼓励他，开弓没有回头箭，既然走开了，就走到底，于是乐雨平上网查地图，同他商量着走哪条国道，走哪条省道，走了五天到了北京。

当年儿子看了《狼图腾》后，说要考内蒙古大学，找狼养狼去。我们说好啊，那里是风吹草地见牛羊的地方，那片广袤的大地肯定不错。不几天，他又说不去了，因为他听说那儿没有狼了，也许有几只，肯定是没他的份了，他连连叹气可惜那狼啊。接着一段时间，看了《藏獒》这本书，开始研究藏獒的生活习性、价格，一副就要养起来的样子，连带着我们也热爱起这种据说是世界上最忠诚的狗狗，也许有朝一日能养一只了，谁也说不准的。电视上演《士兵突击》的时候，他决定参军，家里忽然间多了一些关于当兵的书，像《兵王》《猎人突击队》《枪后有眼》《狙击手》等等。大人出差的时候，他别的不要，就让捎狙击枪上的狙击镜，也让我们那些当兵的同学帮着买，可惜，真正的狙击镜一般人很难买到，只好拿个望远镜站在阳台上瞅瞅，聊胜于无。他眼睛近视，当狙击手是不可能了。

再问他，将来干什么，他说还是考师范大学吧，毕业了当教师，去新疆支边。好啊，支边也不错，我们大力支持，见识见识西部的风土人情，不同的文化习俗。几天后，又加上句，支边的话，教学的业余时间开越野车，不行再开个越野车店，那里人烟稀少，除了接送学生，还可以尽情享受速度的感觉。

忽然有一天，他迷上动漫，把自己画的小人做成简单的动漫展示给我们看，看着电脑屏幕上小人快速迈动的腿和拼命甩动的胳膊觉得好玩，创意也不错，他做了一个小学生看到下雨了，回屋拿了把伞给院子里的小鸟打上……儿子做的动漫还得过省动漫比赛二等奖，我们心里暗喜，动漫这个行业不错，好就业。可不长时间，他又变卦了，问：为什么。答，做动漫很累，天天守着台电脑，没劲，对中国、世界动漫做了番研究，一个动漫剧是由好多人完成的，像《别惹蚂蚁》就是一个团队制作了三年多，一般来说，制作一部一百分钟以上的标准动画影片至少需四百名电脑动画师联合工作一至两年才能完成。噢，真是这样的，这工作要考虑。那你要干什么，他说看好了陶瓷制作，一家人这次说，去景德镇上学，不怎么样。他说景德镇的陶瓷全世界有名，坚持要去，我们想想也不错，以后家里的瓶瓶罐罐就不用买了，用儿子做的就行了，我们很高兴，好像博宝架上各式各样的陶瓷已装不下了。

高考的时候，儿子没有拿到景德镇学校的艺术证。最后一个机会，国美专科在山东收一个艺术陶艺专业的学生，无论如何，要报一把试试。结果可想而知，没有成功。先前还认为陶瓷这行业比较冷门，就是孩子喜欢，家长也不一定让报考，没想到，网上说这行业是热门。有些失望，又想人生干什么也很好，只要自己喜欢。儿子最后上了山东青年政治学院，艺术设计专业。这一阶段的梦想终于告一段落。

骑着自行车走遍中国是儿子下一个梦想，这个暑假，开始初试，一趟北京，一趟南京之行，开阔了眼界，可让他“牛”了一阵。

但是他自己恐怕也没想到，支教没那么轻松。他的那些日记透露了此行的不易，还有他内心的触动——

2012 年的腊月，我们十七人（有教授、研究生、本科生）浩浩荡荡地挺进了四川大凉山。

腊月初十，下午一点四十五分，北京到成都，硬座四十一小时。

北京的晚上有点冷，我们集合完毕就踏上了援教的旅程。

这次由团中央组织的活动，每人交了一千二百元。在火车上晃悠了四十一个多小时到达成都，吃了顿饭休息了一下，拿上用自己的钱买的肉、米、面、菜，继续出发。

腊月十一，下午三点十五分从成都到普雄，硬座八小时。到达普雄已是晚上，无法继续前行，只好等到第二天。

第二天我们包了两辆车从普雄出发到了德吉山脚下（往上车没法走），到山脚下我们又找了个马车给我们驮粮食和背包等。

大凉山风景确实不错，但是路根本就没法走，我们连爬带跳地走了三个多小时到达德吉乡，热情的老乡积极帮忙。我们就在德吉乡休整了一下午。

晚上我们去给老乡们放电影，老乡们聚精会神、目不转睛地看着幕布，我从内心里觉得这边太苦了。然后我们开会分工，本部（德吉乡）留下七个人，这七个做饭加教课，剩下的十个人去各个村子走访，给他们照相，看看那边孩子们有什么需要的，记下联系方式。

我被分到三合村，领队跟我说该村是离德吉乡最近的一个村子，可是到那儿一看，距离最近的一户确实不远，但村里的人居住得很分散，山头的这边和那边都有住的，从山脚到山顶最少也得三个小时，到了三合村找了一个会说普通话的小孩子给我当翻译（那边人们说彝语沟通困难），我们就开始挨家挨户给他们照相。我们照完后了解了一下，他们从没照过相，有的连相机都没见过，而且在我们照相的时候，年纪大点的村民要我们洗照片的时候要洗大寸的，刚开始我们还不明白啥意思，后来才知道，老人们把这次照相当成照遗照了。

我们爬到半山腰，看见一户人家，特别特别贫困，一问才知道，这户是三合村最穷的一家，女人的老公在外打工时意外身亡，大儿子十二岁去了成都，一年多了也一直没消息，二儿子十一岁时也去了成都，他还好点，时不时地跟家里联系一下，家里还有四个孩子，做母亲的以砍柴为生（一百斤柴卖四十元人民币），每天都要去，月收入也就一二百。

看完三合村已是傍晚，回去的路上我们三个挺感慨的，没想到离乡最近的一个村子，还是这么穷。

第二天，我们去德吉村，听说这个村子是没电没水，条件特别不好，从德吉乡到德吉村要爬四个小时的山路，当时我听了这些腿就有点软，吃完早饭，收拾好东西，我们就去找老乡领路，没想到老乡们没一个愿意领我们去的，几乎都说只听说过那里，但那里很远没去过，最后有个老乡只是给我们指了路，我们就揣着忐忑的心上路了。

老乡指的路是对的，我们没走到三分之一就碰上山体滑坡，把我们给堵在那了，我们就掉头下山再找别的路，那天我们整整走了七个小时，其中光下山就用了两个小时。

到了山上我们发现实际情况比听说的还要艰苦，在德吉村，没有电，有水，但是要走两公里的山路去挑水。德吉村的人们没见过电视啥模样，也没见过相机，那边的人们真的就是一辈子靠天吃饭。

趁着天还亮，我们要抓紧下山，跟老乡们承诺两天后我们会再来给他们放电影，一路做标记一路溜滑下山。

我们接着去衣尔村，去之前打听了一下，虽然是离德吉乡最远的一个村子，不过还是有电的，听到这还是略感幸福，起码比德吉村条件好了些。吃完早饭收拾行李，又开始爬山，路上情况比想象的好很多，而且这次有带队的，不会迷路了，呼哧呼哧爬了三个多小时，问老乡还有多远，老乡说半个小时吧，可是我们手脚并用呼哧呼哧地爬了一个半小时才到衣尔村。我们心想，这老乡的时间是不是按时辰算的啊。无语之中我们看到了村子比德吉那边好不到哪里去，虽然有电，但是水力发电，这边水流相当不稳定，时有时无，时强时弱，问了问老乡们，情况和德吉差不多，就是多个电视。

傍晚返回德吉乡，因为德吉村没有电，第二天一早，我们背着三台电脑又上了山，这次路走对了，但也走了四个小时，这次老乡们比上次更加热情，烤好了土豆端来给我们吃，还杀了三只鸡。到了傍晚我们给他们放电影，放了个川话版的《让子弹飞》还有个《地道战》《铁道游击队》，村里不论是小孩还是大人都聚精会神地看，当时有个小孩挺调皮的，看得时候嘻嘻哈哈，有个大人上去就是一耳光，叽里咕噜的说了一会儿，然后就都安静地看电影了。

第五天，第六天，这两天我实在是走不动了，就在后厨掌勺做饭。我们吃住在学校，做饭的时候正好听他们上课，感觉孩子们真是想上学，就是没条件，课本都不知道传阅了多少遍，烂得都不成样子，但孩子们的求知欲很强，学习热情很高，学东西也快，基本教个一两遍就会，唱歌更是厉害，一遍就会。

第七天也是在德吉乡的最后一天，今天的任务是帮厨，轻松点，嘿嘿。我拿着相机到处溜达，其间碰到一个奶奶，一看就知这个奶奶是挺有精神一个老人，而且穿戴都挺讲究，虽然衣服有破洞，鞋子跟呱嗒板差不多，但很干净。过去问了问才知道，原来她家在这里算是家境好的人家，不过奶奶也挺苦的，三十五岁那年丈夫出外打工意外身亡，到了六十多岁时，四个儿子死了三个，小儿子在成都打工也不常回家看她，奶奶自己带着六个孙子、孙女生活，其中也是她唯一的一个孙女被迫辍学，在家照看着两个弟弟和一头老母猪。

晚上我们的团队给老乡们奉献了几个节目，有蒙古舞，方言版的《再别康桥》，手风琴独奏等等。

七天我们给他们带去的不多，所有人都对我们说四个字，修路，通电。我们也知道，以我们的能力是不可能的，但是，我们也要尽我们的绵薄之力，帮助那些需要帮助的孩子们。

儿子回来后，把一百多张照片给他们洗好寄过去，还买了些本子橡皮盒子书包等给寄过去。

我们一块儿看了那些照片，有张老奶奶的，我说她穿得这样正式，很好看，黑色百褶裙，中间有巴掌长的一圈淡紫色，两种颜色又用绿色布芽连接在一起，黑色偏襟上衣上，胸前顺着衣襟有绿紫绿这样颜色排列的布条，衣袖手衬上面各有天蓝布条。头上的帽子也是黑色，两边点缀着白色和红色的珠子。身上披着一件白色大披肩，缀着长长的同色丝穗，裙下露出白色鞋子。她面带微笑，站在院子里，身后就是她家的房门口，黑乎乎的，如一块黑布挂在房子的泥巴墙上。门口两旁整齐地堆着些柴火，一边是树枝，一边是玉米秸秆。上面晒着小孩子的袜子、鞋子、毛巾、衣服，一只花鸭伸着脖子和一只黑羽母鸡正要往屋里跑。儿子说，她说这是她这辈子照的唯一一张相片，留着当遗像。

当什么遗像？

就是灵堂上，墓碑上，骨灰盒上放的那种。

一张有几个孩子的相片，儿子拍得很传神，他们穿着满是尘土的衣服，挤靠着，对着镜头笑得羞涩，很淳朴；有个小姑娘用背篼驮着一个戴兔子图案帽子的小孩，小孩在她的背上睡得很香。儿子说就是她带着弟弟，养着一头猪，过生活；一群泥孩子，盘腿坐在地上，看着电脑里放着电影。我在相片外面看他们，看他们那眼神，看他们那神态，一种奇怪的刺痛让我心里发酸，眼睛发涩。

这次支教，绝对是儿子人生中一次重要经历，是心灵洗涤和成长。

母亲节的时候，儿子寄来了一束康乃馨，用彩色玻璃纸包扎，有红色有白色有黄色，我知道这些康乃馨的花语，寓意着对母亲的尊敬和感激，花束里还插着一个心形卡片，上面写着，这个地球上有七十多亿人，而你是我最完美的妈妈，祝母亲节日快乐，你的老大儿子。连乐雨平都感动了，说咱们孩子大了，懂事了。

后记

很长时间了，大约是二〇一九年春节前，我正苦恼接下来写什么好，我先生提议说，写写咱俩结婚三十年的事吧，题目我都起好了——《婚路三十年》。也对，结婚三十年，也是中国改革开放、经济发展的三十年，衣食住行等方面发生了多大变化？我们的生活里发生了多少事？初次相见、结婚那天、独立小院、亲爱小孩、下岗生活、业余写作、美好工作、远亲近邻、大水前后等，要是写下来的话，写成小说，也是不错的。说写就写，写了开头第一篇，发给王往老师看，原本当成小说写的，王老师说改成散文吧。过后与周习（寿光作协原主席，现中国自然资源作协副主席兼秘书长）通电话时，提起这事，她说我的随笔写得好，为什么不发挥自己的长处呢？想想也有道理，这时候还没拿定主意，又听了听李桂华（寿光作协主席）的意见，用第一人称写，放开写，写个人命运，写时代变迁。后与王往老师通了几次电话，决定写个长篇散文，题目暂定《婚路三十年》，以花草树木为每小篇题目，独立也能成篇。主线就是围绕我和乐雨平之间发生的事，乐雨平是我先生为自己起的化名，寓意快乐平安。

借着为儿子结婚收拾新房为由，他还让人做了新的书柜，买了榆木大书桌，我开玩笑说退休了终于混上了个正经书桌。原来的书桌是一个同学单位处理的旧办公桌，家里放不下，给了我家，我们只留了桌面，我先生找人做了两个铁架子，既当书桌的腿，又当书橱用。用了好多年，我退休了它也退休了。还买了小书桌，事实上是用来喝茶的茶几，正好放在客厅窗台那儿，那里光线好，看书写字很舒适，附带着一个小茶架，也让我当了随意放书的地方。还换了新微机，置了打印机，备了新钢笔。装备升级完成，于是我开始写，写下去，尽可能真诚地写，还完成了。我们是一九九一年结的婚，到二〇二一年正好是三十年。我很高兴，也很自豪，把自己想写的写了出来，我们的故事，与别人不一样。

以花草树木为小标题，寄托着我对平凡生活的热爱，对日常生活中诗意的遐想。想起车前草，这种叶子像猪耳朵的草，路边、河边、房前房后到处都有生长，小时候常挖来喂猪、喂兔子，怎么会与“莲座”相联起来？饽饽酒，是小时候在田地里很常见的一种野花，有着细长挺直的茎，茎的顶部开一圈花，花朵长筒状，形似小喇叭，花内面黄紫色，外面紫红色，上面长满了柔毛，饽饽酒的叶毛茸茸的，花也毛茸茸的，摘下一朵，根部像吸管一样，放在嘴里吮吸，那种米酒一样的醇香味道，让小伙伴们着迷，一边割草，一边嘴里叼着一朵饽饽酒，吮得没有味道，再换一朵。不记得谁告知这些的，好像在田间庄稼地大自然的花花草草间长大的孩子，天生就懂得这些。饽饽酒，这名字真好，也有饽饽也有酒，饽饽就是白面馒头，谁不喜欢，很多年后我才知道这种被我们称为饽饽酒的植物是多年生草本植物，地下根茎是传统的中药草地黄……忽然间，以前不起眼不上心的花花草草，从记忆里翻腾了出来。那种不经意与大自然的亲近、热爱，是不知不觉融在我们的日常生活里的。

俗话说，人生一世，草木一秋；只争朝夕，莫负年华。

为了起好这些小题目，上网搜索写植物的寓意和花语，写儿子的，用了康乃馨，那是过母亲节时，他送我的礼物，寓意着对母亲的尊敬和感激；在公园里散步，看到一种蓝色小花，叫婆婆纳，花语是健康，正好用在写婆婆的那篇；拉拉秧，茎叶长着小刺，缠缠绕绕，多像村里人，多像村里人的关系，扯不断理还乱；若幸福像树，这些日常琐碎的事是否像幸福树的叶子？《卧室里摆盆文竹》里的文竹，像中年人的爱情，恬淡平实。

完稿的时候，突然想起唐代诗人张九龄的诗句：

…………

欣欣此生意，自尔为佳节。

谁知林栖者，闻风坐相悦。

草木有本心，何求美人折。

…………

幽人归独卧，滞虑洗孤清。

持此谢高鸟，因之传远情。

…………

我很喜欢，不如将书名定为《草木本心》，《婚路三十年》有点俗，我对先生说。他说草木有本心，如此甚好，这个本心还是不错的。

李彩华

2021 年 11 月 22 日